결혼을 묻다

하자니 아깝고 안 하자니 아쉬운
결혼을 묻다

2014년 11월 10일 1판 1쇄 발행

지은이 | 김희진
펴낸이 | 양승윤

펴낸곳 | (주)영림카디널
　　　　서울특별시 강남구 강남대로 354 혜천빌딩
　　　　Tel. 555-3200　Fax.552-0436

출판등록 1987. 12. 8. 제16-117호
http://www.ylc21.co.kr

text ⓒ 2014, 김희진
illust ⓒ 2014, 최창연

값 13,800원
ISBN 978-89-8401-192-2 03800

「이 도서의 국립중앙도서관 출판예정도서목록(CIP)은 서지정보유통지원시스템 홈페이지(http://seoji.nl.go.kr)와
국가자료공동목록시스템(http://www.nl.go.kr/kolisnet)에서 이용하실 수 있습니다.
(CIP제어번호: CIP2014029834)」

하자니
아깝고
안 하자니
아쉬운

결혼을 묻다

김
희
진   지
음

영림카디널

목차

1

또 한 장의 청첩장을 받았습니다.

제일 먼저 '다음 주말에는 늦잠 자기 글렀구나.'싶은 생각이 떠올랐고, 연이어 퇴근 후에 만날 친구 한 명이 또 줄었다는 상실감이 이어집니다. 결혼 발표를 한 친구의 카톡 프로필은 이미 스튜디오에서 찍은 웨딩 사진으로 바뀌어 있습니다. 이제 휴양지에서 보낸 신혼여행의 한때, 남편에게 차

려준 아침 밥상의 메뉴들이 이어지다가 얼마 후에는 두 사람 사이의 아이 사진이 전해지겠죠. 친구의 타임라인에서 익숙한 친구의 얼굴보다 낯선 친구 가족의 일상을 더 많이 만나게 될 때, 문득 그녀가 결혼했음을 그리고 미혼의 나와는 멀어졌음을 실감하게 되곤 합니다. 익숙한 손놀림으로 친구의 사진 밑에 '예쁘다', '부럽다' 등의 축하 댓글을 남기겠지만 솔직히 말해 그 모든 친구의 사정은 '나와 상관없는 일'이라고 생각하는 것이 속 편하다 싶습니다. 보면 볼수록 생각지 못했던 질투와 상실감, 그리고 친구의 흐름과는 다른 나의 삶에 불안감에 빠져들기도 하니까요. 당장 결혼을 하고 싶은 것도 아니면서 일단 해야 할 것만 같다는 압박을 느끼는 이상한 심정입니다.

2

결혼한 친구들은 남편 챙기랴 아이 돌보랴 좀처럼 만날 틈이 나지 않습니다. 인터넷이라는 가상공간에 올라오는 행복한 사진들을 통해서만 소식을 접할 뿐이죠. 마치 버뮤다 결혼 지대에라도 빠진 듯이, 결혼한 그들은 나와는 다른 어떤 세계로 사라져 버렸습니다.

문득 혼자 숙제를 해오지 않아 교실 뒤에 서있었던 학

창시절의 머쓱함이 떠오릅니다. 교실 뒤에 멀뚱히 선 채 앉아서 수업받는 친구들을 지켜보던 때의 외로운 기분도 느껴집니다. 아직 나만 어른이 되지 못한 건 아닐까 싶은 두려움과 그들이 사라져 간 세상으로의 궁금증이 동시에 피어납니다.

'남들 다 하는 결혼이 나는 왜 이리 어려울까?'

이 말을 한동안 입안에 우물거리다가, 살면서 가장 어려웠던 일들은 대개 '남들 다 하는 일'이었다는 생각이 들자 새삼스러울 것도 없단 깨달음에 이르게 됩니다. 결혼을 못하기도 안 하기도 한 지금의 상황 또한 어쩌면 당연한 어려움이다 싶어집니다.

3

막연히 결혼해야겠단 생각은 가지고 있었지만, 정작 결혼이 무엇인지는 전혀 모르고 있다는 갑작스러운 자각이 들었다고나 할까요? 결혼을 하지 않는 것이 오히려 어색하게 여겨지기도 하는 삼십 대 초반의 나이에 자연스레 생겨난 결혼에 대한 호기심과 불안 그리고 기타 등등의 복잡한 심경들을 바탕으로 책을 한 권 써보기로 했습니다. 내용은 결혼을 생각했을 때 궁금해지는 것들에 대해 실제로 결혼을 경험한 이들에게 그 답을 구하는 인터뷰를 해 나가는 형식으로 채워 가기로 했습니다.

그간 '결혼을 잘하는 법'에 관해서는 많은 이야기들을 들어 왔지만 이때의 결혼이란 '결혼식'에 한정되거나, 혹은 좋은 스펙을 가진 배우자를 만나는 법에 치우친 경우가 많았습니다. 하지만 정작 제가 궁금한 것은 결혼식에 이르기까지가 아닌, 그 이후의 결혼한 삶이었습니다. 그저 결혼 선배들의 일상적인 체험담을 들어보고 싶었습니다. 〈사랑과 전쟁〉의 막장과, 로맨틱 코미디의 허황 사이에 있는 아주 보통의 결혼, 그것의 민낯을 들여다보고 싶었습니다.

"시집을 가느니 시집을 내는 게 빠르겠네."

라는 말을 농담처럼 하곤 했었는데 말이 씨가 된 셈입니다. 비록 시는 짓지 못했지만 어쨌든 미혼인 제가 결혼을 화두로 한 책을 내게 되었으니 웃어야 할지 울어야 할지 조금 망설여지기도 합니다.

4

이 책은 일종의 유람기입니다. 저 또한 결혼이라는 미지의 세계를 고민하고 떠도는 수많은 방랑자 중 한 명으로서 결혼에 대한 질문을 털어놓고 그 답을 찾아 가는 과정 자체를 담아냈습니다.

물론 결혼이란 것이 스스로 겪어 봐야 가장 잘 알 수 있는 체험의 세계임은 인정합니다. 그렇지만 버뮤다 결혼지대로 직접 들어서기에 앞서 혹은 들어서지 않기로 결정하기에 앞서 약간의 안내 정도는 받고 싶었습니다. 이미 결혼을 체험해 본 이들에게 그토록 거대하고 모호한 결혼이란 것의 의미를 물어보고 싶었습니다. 자고로 모든 경험은 실행 전에 주의사항을 잘 숙지하면 큰 도움이 되기 마련이니까요.

이 책이 결혼을 아직 경험해 보지 못한 이들은 물론, 이미 경험했지만 아직도 결혼이 무엇인지에 대한 의문을 품고 있는 이들이 자신만의 결혼의 정의를 찾아갈 수 있는 계기가 되기를 바라봅니다. 별다른 고민 없이 무작정 받아들이려고만 했던 결혼에 대해 의미 있는 고민의 시간을 가지게 할 수 있었으면 합니다. 물론 저희 어머니는 이런 책을 곧 내게 되었다는 소식을 듣자마자 이렇게 말씀하셨습니다.

"잔말 말고 일단 시집이나 가라."

질문 하나. 나의 결혼 상대를
한눈에
알아볼 수
있을까요?

결혼 100일 전

결혼을 100일 앞둔 예비 신부 문재희 씨와의 설레는 수다

결혼을 준비하며 가장 어려운 점은 '결정'할 일들이 너무 많다는 것이에요. 결혼식은 어떤 드레스를 입고 어디서 어떻게 할지, 신혼 생활은 어떤 집에서 시작하고 무엇을 준비할지 등 몰려오는 결정의 순간들에 어느 것을 골라야 할지 매번 망설여지죠. 하지만 다행히 이 모든 것을 함께할 짝꿍을 결정하는 일만큼은 머뭇거리지도 헷갈리지도 않고 잘해냈죠.

스물다섯 살의 직장인 재희 씨는 소개팅으로 만난 다섯 살 위의 남자 친구와의 결혼식을 백일 가량 앞둔 예비 신부입니다. 3년여의 연애 기간을 거친 그녀에게 결혼을 결심하게 된 이유를 물으니 특별한 계기는 없다는 답이 돌아옵니다. 데이트 후에 아쉬운 작별을 이제 그만하고 싶어졌을 즈음 '결혼을 하면 좋지 않을까?'싶은 생각이 들긴 했지만, 그럴듯하고 결정적인 계기가 있었다기보다 연애를 하다 보니 자연스레 결혼에 이르렀다고 말하는 것이 맞을 듯싶다고 합니다.

한창 결혼 준비 중인 재희 씨가 다른 무엇보다 공을 들이고 있는 부분은 신혼집을 꾸미는 일입니다. 청소를 하고 벽지를 바르고 가구까지도 직접 만들면서 둘만의 공간을 손수 일궈 가는 재미와 보람 덕분에 힘든 줄도 모르게 해 나가고 있습니다. 그간 부모님과 떨어져 살아본 적이 없는 재희 씨에게 있어 결혼이란 사랑하는 이와 함께 살게 되는 새로운 시작임과 동시에 부모님과 떨어져 직접 삶을 만들어 가야 하는 첫 독립이기도 합니다. 그렇기에 살아갈 공간을 자신의 의지대로 만들어 가는 그녀의 요즘은 앞으로 책임져야 할 삶에 대한 모의고사를 치르는 기간처럼 보이기도 합니다. 이런 인생의 분기점 앞에 선 재희 씨의 마음속에는 서운함과 설렘이 동시에 뒤섞입니다. 지금까지처럼 부모님과 일상을 공유할 수 없다는 점은 서글프지만, 진정한 어른으로 한 발짝 나아가는 듯한 독립생활의 큰 기대감 또한 감출 수가 없습니다.

　재희 씨를 만나기 전에 결혼을 앞두고 불안해하거나 걱정이 태산인 예비 신부의 모습을 멋대로 상상하기도 했습니다. 하지만 막상 그녀를 만나 이야기를 나누다 보니 여유가 넘치는 담담한 모습에 다소 의외다 싶어집니다. 재희 씨의 웨딩 플래너는 요 근래 만난 신부들 중 가장 젊은 경우라고 했다고 합니다. 보통은 서른둘 셋 가량의 신부가 가장 많은 요즘의 결혼 풍경에서 이십 대 중반의 재희 씨는 단연 돋보이는 어린 신부인 것이죠. 하지만 정작 재희 씨 본인은 그렇게 이르다고 생각하지는 않는 눈치입니다. 집안의 분위기 자체가 결혼을 빨리 하는 것을 권장하기도 했고 일찍 결혼을 하면 그만큼 빨리 생활의 안정을 찾을 수 있으니 좋지 않을까 싶은 기대도 있었기 때문입니다. 그리고 재희 씨는 이런 말을 덧붙입니다.

"연애 경험도 거의 없고 나이도 어리고 하다 보니 오히려 결혼이 두렵게 다가오지 않는 것 같아요. 뭣 모를 때 결혼해야 한다고들 하는데 정말 그런 것 같기도 하고요. 정말 아무것도 모르니까 아무것도 걱정되지 않는 달까요?"

모르는 일이니 두려움도 없다는 그녀의 말에 어쩐지 수긍이 갑니다. 생각에 빠질수록 행동은 느려지기 마련이고 결혼 또한 예외는 아니겠죠. 하지만 이내 현실을 생각하게 됩니다. 아무리 그래도 '결혼하면 못할 것 같을 일들'이 제법 많은 듯싶기 때문입니다. 이미 너무 많이 알아버린 나이가 된 탓일까요? 결혼은 곧 나를 위한 삶의 포기로 이어질 수 있지 않을까 걱정됩니다. 특히 나의 일을 해나가는 데 있어서는 장애가 되지 않을까 싶어지기도 합니다.

하지만 재희 씨는 그런 부분은 크게 걱정하지 않는다고 말합니다. 결혼 이후의 사회생활이란 좋게 생각하든 나쁘게 생각하든 그것은 상상일 뿐 실제로 닥친 상황이 아니기 때문에 짐작으로 걱정하진 않으려 한답니다. 물론 남들이 말한 대로 어려울 수도 있습니다. 결혼 생활과 출산, 육아 등을 이유로 지금 하고 있는 직장 생활이 힘들어질 수도 있고, 나의 커리어를 만들어 가는 데 어려움이 생길 수도 있습니다. 어쩌면 감당하기 어려울 만큼의 시련들이 닥칠 수도 있습니다. 하지만 모든 것은 아직 겪어 보지 않은 상황이니 미리 걱정하진 않기로 재희 씨는 정했습니다. 동시에 자신의 결혼 후 삶에 대해 더욱 다양한 방향으로 가능성을 열어 두기로 했습니다. 예를 들면 아이를 낳게 되었을 때 직업의 형태를 꼭 회사에 다녀야 하는 것만으로 한정 짓지 않는다면 나름의 방법으로 하고 싶은 일을 해나갈 수 있는 길이 있으리라고 생각하는 것입니다. 일의 형태나 종류에 기준을 세우기보다는 자신의 상황에 맞게 해낼 수 있는 일들을 찾아가 볼 수 있을 것이라고 사고의 범위를 넓혀 보기로 했습니다. 조금 무모할지도 모르지만 일단은 현재를 긍정하기로 했습니다.

결혼식을 앞둔 재희 씨의 목소리에는 이런 긍정적인 소신이 넘칩니다. 결혼에 필요한 자금도 부모님에게 기대고 싶지 않았기에 그간 각자 저축해 두었던 돈을 모아 결혼 생활을 시작하기로 했습니다. 둘 중에 비교적 사회생활 기간이 길었던 남자 친구가 좀 더 내고, 이제 막 돈을 벌기 시작한 사회 초년생 재희 씨는 조금 덜 냈습니다. 그래도 부족한 부분은 전세 대출로 감당했습니다. 물론 결혼의 시작과 동시에 빚이 생긴다는 것은 부담스러운 부분이지만 그래도 두 사람의 능력으로 갚아나갈 만한 범위 안에 있는 것이기에 크게 걱정하진 않기로 했습니다.

재희 씨에게 지금 결혼이 어떤 의미냐고 묻자, '선물'이라는 답이 돌아옵니다. 그녀에게 결혼이란 자신에게 주는 것이기도 하고 상대에게서 받는 것이기도 한, 그리고 가족들과 친구들이 그것을 받는 모습을 지켜봐 주고 축하해 주는 선물입니다. 신물의 포장을 벗겨 내고 그 내용물을 어떻게 사용하고 간직해 갈 것인지는 앞으로 자신에게 주어진 몫이고요.

재희 씨를 만나고 돌아오는 길에 스스로 부질없는 질문 하나를 던져 봅니다.

'결혼은 필수일까? 아니면 선택일까?'

　　그저 물 흐르듯 자연스럽게 결혼에 이르게 되었다는 재희 씨의 결혼의 변은 '어떻게 결혼하게 되었나?' 하고 물었을 때 가장 흔하게 돌아오는 답입니다. 그러고 보면 사람들은 모두 자연스러운 이유들로 결혼을 하는 듯합니다. 나이가 되었기에 하고, 연애를 오래 했으니 하고, 새로운 삶을 기대하며 하고, 사랑하는 사람과 함께 있고 싶어 합니다. 그럼 '이렇게 결혼이 삶의 자연스러운 흐름이라면 그것을 거부하는 것은 흐름을 역행하는 것일까?'라는 질문이 생겨납니다. '결혼하지 않는 것, 혹은 못하는 것은 남들이 다 타는 생의 흐름에서 벗어나는 것일까?' 아이일 때 걸음마를 떼었듯이, 엄마를 처음 불렀듯이, 자라나며 2차 성징이 나타났듯이, 결혼도 자연스럽게 부딪히게 되는 인생의 사건인 것일까? 문득 궁금해집니다.

결혼 적령기에 관한
매우 사적인 고찰

노처녀 잡지를 만드는 유부녀 편집장 천준아 씨와의 유쾌한 수다

서른여덟 살에 결혼과 출산을 경험했어요. 한 가정과 생명을 책임질만한 정신적인 성숙함으로 보자면 딱 좋은 나이였는데, 육체적으로는 힘들었다는 것이 이율배반적이었죠. 유감스럽게도 정신의 성숙함과 육체의 건강함이 무르익는 시기가 맞아 떨어지지 않더라고요.

우연히 들른 작은 서점에서 〈노처녀 잡지: 노처녀에게 건네는 농〉이라는 잡지를 마주했을 때 그야말로 '어머, 이건 꼭 사야 해!'라는 말을 내뱉었습니다. 일단 잡지의 뒤표지에 쓰여 있던 주옥같은 문장만 보아도 놓칠 수 없는 잡지라는 것을 직감할 수 있었죠.

혼수로 농을 해가도 시원찮을 나이
집에선 짜내야 할 농이 된 지 오래
농익은 노처녀들에게 건네는 농담

그런데 이 잡지에서 다른 무엇보다 재미있는 점은 정작 잡지를 만드는 편집장 천준아 씨는 유부녀라는 사실이었습니다. 독립잡지의 편집장이자 방송작가로 활발한 활동을 펼치던 준아 씨는 2013년, 서른여덟이 되던 해 결혼식을 올렸죠. 그전까지 소위 노처녀로 지내오던 그녀였지만 결혼의 압박이나 불안을 느낀 적은 없었습니다. 솔직히 말하면 결혼에 대한 바람 자체가 없었습니다. 딱히 결혼을 왜 하지 않고 싶은지 깊이 있는 성찰을 해 본 적은 없었지만 막연히 결혼은 나와는 상관없는 일이라 여겨왔는지도 모르겠습니다.

준아 씨의 결혼 이야기를 하기 위해서는 현재 노처녀 잡지의 전신 격인 〈July Come She Will〉이란 잡지 이야기부터 시작해야 할 것 같습니다. 이 잡지를 만들던 2012년 무렵의 준아 씨는 아직 노처녀 편집장이었습니다. 동시에 실연을 한지 얼마 되지 않았던 상태였고, 그 실연이 예년의 것과 다르다고 느끼던 때이기도 했습니다. 헤어진 상대를 특별히 깊이 사랑해서가 아니었습니다. 어떤 심리적 마지노선을 느꼈다고 할까요. 더 이상 괜찮은 남자를 만나기 힘들지도 모른다는 생각이 문득 스쳤습니다.

'나는 참 괜찮은 사람인데 왜 이리 연애가 힘들지?'

그런 물음을 간직한 채 주변을 둘러보니 온통 결혼은커녕 연애조차 하지 않는 노처녀들 투성이었습니다. 40대 이상의 미혼인 언니들도 여럿이었고 또래의 친한 친구들도 결혼한 경우가 별로 없었습니다. 방송작가로 일하는 주변 후배나 동료들 중에는 작가 생활을 시작한 이후로 연애도 한 번 제대로 안 한 이들이 수두룩했습니다. 원체 여초현상이 심하고 외부와의 교류가 많지 않은 직업적인 특성 탓이 크기도 했지만 그것만이 모든 이유라고 하기에는 시원치 않은 구석이 있었습니다. 그래서 무엇이 문제일까를 고민하던 것이 결국 잡지의 모티프로 발전했습니다. 그리고 이 잡지를 만드는 과정은 다른 누구보다도 준아 씨 자신을 스스로 돌아보게 하는 결정적인 계기가 되어주었습니다.

한번은 잡지에 들어갈 기사를 준비하며 자신의 연애 경험을 쭉 써보는 체험을 해 보게 되었습니다. 짝사랑이든 연애든 기억나는 모든 사랑의 역사를 적어 보는 것이었는데, 스스로 어떤 사랑을 해 왔었는지 돌이켜 본 것은 생애 처음이었죠. 그리고 이 작업을 마치자 신기하게도 자신이 사랑에 빠지는 이유들의 묘한 공통점들을 알아챌 수 있었습니다.

한 남자는 햇빛이 쨍쨍한 날에 눈물이 나는 모습을 좋아했습니다. 사실 그는 눈에 희귀한 병이 있었던 것인데 어쩐지 특이해 보이는 그 눈이 좋았습니다. 특별한 이야기가 있을 것 같았죠. 서른 중반 즘 만난 또 다른 남자는 학창시절에 심하게 방황을 했다는 무용담을 듣다가 반해 버렸습니다. 거칠게 살았던 그의 인생이 흥미로웠습니다. 돌이켜 보니 매번 그런 식이었습니다. 유별난 구석이 있는 사람에게서 매력을 느꼈습니다.

이런 준아 씨의 연애의 역사에 대해서 심리 상담가와 이야기를 나눌 기회가 있었는데 그때 들었던 전문가의 견해는 연애 정신 연령이 아직 십대 소녀의 그것에서 자라지 못했다는 것이었습니다. 외면적인 요소들, 현실과는 동떨어진 사소한 기준들, 그런 것들만을 중시하는 태도는 타인을 깊이 있게 받아들이지는 못한다는 승거였습니다.

이런 조언을 듣고 난 후 준아 씨는 자신을 돌아보니 누군가를 싫어하게 되는 이유도 매우 사소했었다는 점이 떠올랐습니다. 소개팅에 나온 남자가 침을 너무 튀기면서 이야기한다거나 음식을 먹을 때 너무 소리를 낸다거나 하면 다시 만나지 않았습니다. 사소한 하나에 얽매여 쉽게 사람을 판단해 버렸고 자신의 그런 모습을 제대로 성찰해 본 적도 없다는 점을 깨닫자 아차 싶은 기분이 들었습니다. 아이가 장난

감 가게에서 맘에 드는 물건을 고르듯, 겉모습이 흥미로워 보이는 사람을 가볍게 고르고 쉽게 싫증내 왔다는 사실을 인정할 수밖에 없었습니다.

이런 연애의 취향에 덧붙여 아버지의 존재 또한 준아 씨에게는 결혼을 꿈꾸지 않게 된 이유 중 커다란 부분을 차지하고 있었습니다. 많은 여성이 결혼 상대자를 이야기할 때 아버지를 기준으로 그와 닮은 사람, 혹은 정반대의 사람을 이상형으로 말하곤 하는데 준아 씨의 경우는 후자에 속했습니다. 준아 씨의 아버지는 유달리 여성 편력이 심한 분이셨기 때문에 집안에는 그로 인한 크고 작은 사건들이 이어졌고 어린 준아 씨는 그런 모습들을 그대로 보며 자랐습니다. 자연스레 아버지와 다른 사람을 만나는 것을 하나의 목표로 삼게 되어 버렸습니다. 연애를 함에 있어서도 가장 용납할 수 없는 것은 상대가 나 외에 다른 여자와 관계가 복잡해지는 것이었죠. 아무리 좋은 감정을 가지고 만나던 사이였더라도 여자 문제가 있는 남자라는 사실을 알게 되면 신기할 정도로 금세 마음이 식었습니다. 그것은 그토록 피하고 싶던 아버지와 같은 모습이었기 때문입니다.

　지금의 남편과의 관계 또한 아버지의 잔상이 영향을 끼쳤습니다. 두 사람의 첫 만남은 1997년 대학 시절에 연합 동아리에서였습니다. 당시 직접 학비며 생활비를 벌어 살아가던 성실한 남편의 모습에 준아 씨는 아버지와 전혀 다른 지점을 보았습니다. 착실하고 든든한 모습에 마음이 끌렸습니다. 하지만 순진했던 나이였기에 일 년 정도 짝사랑만 하다 제대로 고백도 못한 채 그냥 헤어지고 말았습니다. 대학을 졸업한 이십 대 시절에도 한두 번 우연히 만날 기회가 있었지만 별다른 관계의 발전 없이 그저 만나고 스쳐갔습니다.

　그러다 서른둘 즘 문득 만나게 될 기회가 생겼는데 그때는 각자 삶의 굴곡을 어느 정도 넘어온 이후여서였는지 자신의 속내를 진솔하게 말할 수 있을 만큼의 내공이 생겨 있었습니다. 준아 씨는 그제야 사실 너를 좋아했었다는 이야기를 건네고 왜 좋아하게 되었는지도 고백할 수 있었습니다. 그런데 돌아온 대답이 다소 의외였습니다. 남편은 본인이 원래 성실하고 생활력이 강했던 것이 아니라 당시에 집안 사정이 갑작스레 힘들어졌기 때문에 무리해서 돈을 벌고 학교를 다녀야 했다는 속사정을 털어놓았습니다. 그리고 이렇게 말했습니다.

"나는 네가 생각하는 그런 사람이 아닐 수도 있어."

준아 씨는 그 말을 들은 순간, '아버지와 다른 줄 알고 좋아했는데 그게 아니었다면 결국 아버지 같은 사람인 건가.' 하는 섣부른 사고회로를 가동하고 말았습니다. 이제 와 생각해 보면 미성숙했던 오해였지만 그때는 용납할 수 없는 심각한 반전이었습니다.

게다가 함께 가게에 들어갈 때 문을 열어 주며 먼저 들어갈 수 있도록 신경 쓰지 않거나, 길을 걸을 때 인도 쪽으로 걷도록 배려해 주지 않는 그의 모습이 싫었습니다. 그런 모습이 나를 덜 좋아하는 것이라 여겼습니다. 그때는 그런 것들이 무엇보다 중요했습니다. 상대방이 섬세한 성격이 아닐 수도 있다는 생각은 하지 못하고 그저 내가 싫어서 안 해 준다고만 생각해 버리며 나를 함부로 여긴다고 오해했습니다.

결국 이런저런 상황들이 겹쳐지며 괜스레 홀로 화가 났고 그에게 그간 품어 왔던 환상이 깨지며 또 한 번의 재회가 그렇게 지나갔습니다.

한참이 지나서야 할 수 있었던 생각이긴 하지만 준아 씨는 그때 자신이 좀 더 어른이었다면 그를 응원했을 거라 말합니다. 집안 사정 때문에 자신이 본래 성실한 사람이 아니었음에도 성실하게 일을 해냈다는 것을 대단하다고 생각해야 했고, 그렇기에 더욱 신뢰를 가질 수 있어야 했던 것 같습니다. 자신의 좁은 시야로만 세상을 보고 판단했다는 후회는 한참 시간이 흐른 뒤에나 깨달은 것입니다.

그렇게 또 한 번 엇갈린 준아 씨 커플은 서른일곱 살이 되어 다시 한 번 만나게 되었습니다. 두 사람이 공통적으로 좋아하던 야구를 보러 가기로 약속하고 만나기로 한 곳에서 기다리는데, 남편은 여전히 무뚝뚝하고 별달리 반가워하는 기색도 없는 뚱한 표정으로 나타났습니다. 함께 걸을 때도 준아 씨를 전혀 배려하지 않은 채 뚜벅뚜벅 앞서 걸어가는데, 전에는 다시 만나고 싶지 않을 정도로 싫었던 이런 부분이 이젠 피식 웃음이 나왔습니다. 이제야 '이 사람이 이런 부분을 잘 모르는구나.' '안 하는 게 아니라 못하는 부분이구나.'라는 생각이 들었습니다. 내가 달라지니 상대도 달라 보이기 시작했습니다.

그렇게 만나 야구를 보고 난 후 두 사람은 날이 새는지도 모르고 함께 거리를 걷고 또 걸으며 쉼 없이 이야기를 나누었습니다. 자신에 대해 한층 솔직하게 대화할 수 있을 만큼 성장해 있던 두 사람은 마음을 열고 대화하다 보니 생각보다 훨씬 잘 맞는 구석이 많다는 점을 확인할 수 있었습니다. 문득 준아 씨는 만나지 못한 시간 동안 너무 잘 커준 이 남자가 고맙다는 생각이 들었고 그런 남자의 좋은 점을 알아볼 수 있을 만큼 자란 자신이 조금 기특했습니다. 그리고 이 만남을 계기로 두 사람은 더 이상 스쳐가는 추억이 아닌 진지한 반복으로 머물게 되었고, 준아 씨는 당장은 결혼 계획이 없어도 만약 결혼을 하게 되면 이 친구랑 하고 싶다는 생각까지는 할 정도로 변화되었습니다.

그런데 상황이 한 발 앞서 흘러가기 시작했습니다.

준아 씨는 자신의 일을 하는 것을 좋아하고 준아 씨의 남편은 그렇게 일하는 아

내를 좋아해 주었습니다. 두 사람 사이에는 남자와 여자 사이의 애정뿐 아니라

인간과 인간 사이의 존경심이 있었기에 가능한 일이었습니다.

두 사람 사이에 아이가 생긴 것입니다. 하지만 그렇다고 해서 준아 씨는 아이 때문에 어쩔 수 없이 하는 결혼은 선택하고 싶진 않았습니다. 남편에게 이런 심정을 털어놓자 그는 전적으로 준아 씨의 뜻을 따르겠다고 말해 주었습니다.

결국 준아 씨는 아이를 낳을지 말지 최종 결정을 내리기 전에 평소 의지하던 지인을 만나 이야기를 나눠 보기로 했습니다. 그 지인은 자신은 건강이 좋지 않아 아이를 가지고 싶어도 뜻대로 되지 않아 고민하고 있다는 점을 솔직하게 말해 주며 아이가 생겼다는 것이 얼마나 큰 축복인지를 상기시켜 주었습니다. 그리고 아이를 키운다는 것은 준아 씨 자신이 어린 시절의 설움을 극복하고 성장하는 치유의 계기가 될 수 있을 것이라고 조언해 주었습니다. 준아 씨는 그 말에 용기를 얻게 되었습니다. 아이를 낳아 길러 보기로, 부족한 자신이지만 결혼도 육아도 할 수 있겠다, 해보고 싶다는 생각이 들었습니다.

아이 덕분에 결혼 준비는 금방이었습니다. 사람들이 말하는 복잡한 결혼의 과정이 '아이'라는 좋은 이유가 있으니 간소화될 수 있었습니다. 2월에 상견례를 하고 4월에 결혼했습니다. 따지고 들자면 끝도 없는 현실적인 문제들이 다행히 순식간에 해결되고 지나갔습니다.

준아 씨가 직접 결혼을 준비하면서 느꼈던 것은 막연히 두려워했던 문제들이 막상 별 것 아니더란 것입니다. 예를 들면 시댁과의 관계나 결혼식에 드는 비용 같은 문제들이 상상하며 겁냈던 것보다 사소한 문제라 느꼈습니다. 흔히 당장 가진 것이 없어서 결혼할 수 없다고들 하는데 그렇게 스스로 움츠러들 필요가 없다는 점을 깨달았습니다. 준아 씨는 '역경매 웨딩'이라는 여러 웨딩 업체에서 역으로 가격을 제안해 주면 가장 싼 곳을 고를 수 있는 제도 등을 십분 활용하며 경비를 절감했습니다. 게다가 결혼식에 필요한 모든 비용이 결혼 전에 약간의 예약금만 걸어 두면 결혼식 날 지불할 수 있게 되어 있어서 웬만한 부분은 굳이 목돈이 없어도 축의금으로 해결할 수 있었습니다.

그렇기에 준아 씨는 경제적인 문제 때문에 결혼을 고민하는 이들을 만나면 일단 부딪히면 앞을 막고 있다고 생각하는 산이 그렇게 크고 험하지 않다고 조언합니다. 장애물이라 느끼는 것은 실제 존재한다기보다 상상 속에서 점점 더 위력적으로 자라나는 것이니 말이죠. 하지만 만약 이런 외부적인 장벽이 아니라 상대에게 확신이 들지 않아 결혼을 망설이고 있다면 그것은 신중하게 고려해 보라고 말해 주고 싶습니다. 이 사람과 꼭 결혼해야겠다는 확신을 가지고 시작한 것임에도 막상 결혼을 하고 아이가 태어나고 육아를 시작하니 스스로 흔들리는 순간들이 찾아오기도 했던 자신의 경험을 바탕으로 해 줄 수 있는 진솔한 조언입니다. 결혼식까지의 과정은 생각보다 쉬웠지만, 그 이후의 생활은 생각보다 어려웠습니다. 특히 육아는 지금껏 한 번도 경험해 본 적 없는 상상 이상의 세계였습니다.

어느 날, 아이가 도무지 울음을 멈추지 않는 순간에는 이 아이가 날 괴롭히려고 일부러 이러는 건 아닌가 싶은 괜한 망상에 빠질 정도였습니다. 육아 초기에는 두세 시간마다 일어나 젖을 물리며 체력적 한계에 도달하기도 했습니다. 그때 준아 씨는 문득 그나마 서른여덟에 결혼해 아이를 낳았으니 이 정도 인내심으로 육아를 버티지, 이십 대의 나였으면 정신적으로 못 견뎌냈겠다 싶은 생각이 들기도 했습니다. 그러고 보면 결혼과 출산, 육아를 감당할 만한 정신적인 성숙과 육체적인 건강이 맞아 떨어지지 않는 듯싶습니다. 준아 씨는 서른여덟에 아이를 낳으면서 인간적인 성숙으로는 한 생명을 책임지기에 딱 좋은 시기라고 생각했지만 육체적으로는 굉장히 힘이 부쳤기 때문이죠. 특히 평소 직업상 많이 사용하던 손이나 손목 관절들이 참을 수 없이 아파오고, 아침마다 손이 구부러지지 않을 정도로 퉁퉁 붓기도 했습니다.

그리고 또 하나의 문제는 산후 우울증이었습니다. 워낙 사회적인 활동을 활발히 해 오던 준아 씨였기에 육아에만 집중해야 하는 시간 동안 정신적으로도 지쳐 갔습니다. 괜스레 우울해지고 눈물이 나기도 했습니다. 그래서 준아 씨는 그에 대한 돌파구로 다시 한 번 노처녀 잡지 만들기에 열중해 보기로 했습니다. 그러자 무언가 일을 한다는 것만으로도 마법처럼 다시 기쁘고 즐거워질 수 있었습니다. 남편은 누구보다 그런 준아 씨를 지지해 주었고 마침내 〈노처녀 잡지: 노처녀에게 건네는 농〉이 세상에 나왔을 때는 준아 씨보다도 더 기뻐해 주었습니다. 준아 씨는 자신의 일을 하는 것을 좋아하고 준아 씨의 남편은 그렇게 일하는 아내를 좋아해 주었습니다. 두 사람 사이에는 남자와 여자 사이의 애정뿐 아니라 인간과 인간 사이의 존경심이 있었기에 가능한 일이었습니다.

이런 맥락에서 결혼 후 생긴 준아 씨의 소박한 바람이 있다면 남편과 이탈리아 여행을 가보는 것입니다. 언젠가 같이 영화 〈로마의 휴일〉을 보는데 눈물을 훔치는 남편의 모습을 본 적이 있습니다. 일찍부터 생활전선에 뛰어들었기에 감성적인 부분은 거의 무뎌진 남자라고만 여겨왔는데, 함께 살다 보니 예술적이고 섬세한 부분들을 많이 가지고 있다는 점을 자주 눈치채곤 했습니다. 그렇기에 그가 여러 번 보았다는 영화의 배경이 되는 이탈리아로 함께 여행을 떠나 보고 싶습니다. 남편이 준아 씨의 꿈을 응원하고 지지해 주었듯이 준아 씨 역시 남편의 꿈을 북돋고 키워나갈 수 있도록 힘을 보태 주고 싶습니다.

준아 씨는 말합니다.

"어떻게 나에게 딱 맞는 좋은 짝을 만났느냐는 질문을 들으면 그저 '운'이라고 밖에 답할 수 없어요. 하지만 그 행운을 알아보고 거머쥐려면 그것을 알아볼 수 있는 사람이 되어 있어야겠죠. 유유상종이란 말도 있잖아요. 좋은 사람을 만나려면 좋은 사람이 되어야 하고, 좋은 사람을 볼 줄 아는 눈이 있어야 좋은 사람을 알아볼 수도 있는 것 같아요. 물론 이때 말하는 '좋은'의 개념은 어떤 학교를 나왔고 얼마의 연봉을 받고 같은 자격 조건의 문제와는 관계가 없는 나와 잘 맞는, 사람 됨됨이가 믿음직스러운 등의 내적인 의미겠죠."

결혼 적령기라는 것이 있을까요? 있다면 정확히 몇 살부터 몇 살까지로 정할 수 있을까요? 노처녀와 그냥 처녀, 혹은 결혼에 늦지 않은 나이와 이미 늦은 나이를 딱 잘라 구분할 만한 경계선을 정확히 정의할 수 있는 이는 이 세상에 아무도 없지 않을까 싶습니다. 다만 각자에게 맞는 나름의 결혼 적령기란 있다는 생각이 듭니다. 그리고 그 시기는 모두에게 똑같이 적용되는 나이로 구분 짓는 것이 아니라 모두에게 다르게 찾아오는 자신에 대한 성찰의 시기, 그리고 타인의 겉뿐이 아닌 속까지도 제대로 볼 수 있을 만큼 성숙함에 눈뜨는 시기로 구분 지어야 할 것 같습니다. 그렇기에 '결혼 적령기'란 철저히 사적인 영역의 것이겠지요.

●
결혼을
묻다

두근두근 우리 인생

열네 살 연상연하 송재영, 이은문 씨 부부와의 행복한 수다

아내는 사랑하는 여자이기도 하지만, 나를 성장시켜 주는 인생의 선배 같은 존재이기도 해요. 좋아하면서도 배울 점이 많은 짝을 만났다는 것은 정말 행운이죠.

남편 송재영 씨와 아내 이은문 씨는 결혼 18년 차가 되는 부부입니다. 두 사람의 나이 차이는 열네 살로 아내 은문 씨가 연상이죠. 이제껏 부부는 '열네 살이라는 나이 차이를 어떻게 극복했느냐?'는 사람들의 질문을 헤아릴 수도 없이 자주 들어왔습니다. 하지만 그것은 그야말로 모르는 사람들의 섣부른 염려일 뿐입니다. 정작 두 사람에게 나이라는 것은 남들이 생각하는 것처럼 힘겹게 극복해야 하는 장애물이 아니었으니 말이죠. 그것은 그저 받아들일 수밖에 없는 두 사람 사이의 차이점 중 하나이고, 오히려 관계를 더욱 진지하게 받아들이게 하는 의미 있는 요소였습니다.

1996년, 재영 씨는 안산에서 해장국집을 운영하고 있었습니다. 은문 씨는 친구들과 함께 식당 근처의 산으로 등산을 하러 오는 길에 종종 들르는 단골손님이었죠. 친절하고 붙임성 좋던 재영 씨는 은문 씨 일행과 조금씩 안부를 나누는 사이가 되어 갔고 얼마 후에는 식당 밖에서 다 같이 어울려 모임을 가질 정도로 친분이 두터워졌습니다. 하지만 그때까지도 재영 씨와 은문 씨는 직접 서로의 나이를 물어본 적

50
•

결혼을
묻다

이 없었습니다. 다만 두 사람과 함께 알고 지내던 친구들을 통해 대강 은문 씨가 세 살쯤 위라는 정도만 건너 들은 적이 있었죠.

일단 나이가 어쨌든 사별을 했던 은문 씨와 이혼을 했던 재영 씨는 대화가 잘 통하는 사이였습니다. 허심탄회하게 이런저런 이야기를 나누는 횟수가 늘어 갔고 그러는 사이에 조금씩 호감을 키워 가게 되었습니다. 은문 씨는 재영 씨의 다정하고 착한 성격에 끌렸고 재영 씨는 은문 씨의 여성스럽고 현명한 매력에 반했습니다.

그렇게 진지한 만남을 이어가면서 은문 씨가 재영 씨의 해장국집을 조금씩 도와주는 사이로까지 발전하게 되었습니다. 그리고 새로운 가게도 함께 얻기로 했습니다. 재영 씨는 새로운 가게의 명의를 은문 씨의 이름으로 해 주고 싶었습니다. 함께 가게를 알아보고 부동산에 가서 계약을 하던 날, 재영 씨는 은문 씨의 신분증을 처음으로 보게 되었습니다.

그런데 재영 씨는 은문 씨의 신분증을 본 순간 당황할 수밖에 없었습니다. 출생년도 1942년, 재영 씨보다 열네 살

위였습니다. 그저 또래이려니 생각해 오던 두 사람은 모두 충격에 빠지게 되었고 둘의 관계에 근본적인 회의까지 들기 시작했습니다. 그야말로 무너져 내리는 순간이었습니다. 하지만 이 관계를 지속해야 할 것인가 말 것인가 하는 고민은 얼마 가지 못했습니다. 이미 두 사람 사이의 감정은 나이 차이 때문에 가로 막힐 만큼의 얕은 것이 아니었기에, 재영 씨는 은문 씨에게 먼저 손을 내밀었습니다. 두 사람이 함께하는 데 나이는 숫자에 불과한 것이라 말하며 먼저 용기를 내주었습니다.

그러나 두 사람의 진실함과 달리 주변의 반응은 냉랭하기만 했습니다. 은문 씨의 친구들은 지금이야 좋지만 조금 더 나이가 들면 버려질 것이라며 겁을 주었습니다. 게다가 가족 중 누구도 재혼한 역사가 없었던 보수적인 은문 씨의 집안에서는 사별을 했으면 남은 생은 수절하며 지내야 한다는 것이 암묵적인 수칙이었습니다. 가족들의 반대가 거셌습니다. 그런데 그 순간 힘이 되어 주었던 것은 은문 씨의 친정어머니셨습니다. 은문이의 인생이니 은문이가 행복하다면 누구도 막을 수 없다며 든든한 방패막이가 되어 주셨기에,

결혼을
묻다

은문 씨도 용기를 내어 자신의 행복을 좇을 수 있었습니다.

재영 씨와는 열여섯 살 차이밖에 나지 않던 은문 씨 딸의 반대는 적극적인 소통으로 설득해 갔습니다. 몇 년간 연락을 끊을 정도로 어머니의 재혼으로 인한 갈등은 심각했지만 재영 씨는 계속해서 먼저 손을 내밀었습니다. 딸과의 만남을 주선하고 대화하려고 노력해 나갔습니다. 재영 씨는 은문 씨 한 사람의 남편뿐 아니라 두 남매의 아버지가 될 각오도 되어 있었던 자신의 뜻을 전했습니다. 그리고 어떤 말보다 은문 씨에게 잘해주는 것으로 딸의 신뢰를 얻고자 했습니다. 이런 노력 덕택에 부부는 점차 딸과의 관계도 편안해지기 시작했고 이제는 재영 씨의 두 남매와 은문 씨의 두 남매모두 새로 생긴 아버지와 어머니를 인정하고 받아들이며 허물없는 가족이 되었습니다.

결혼과 동시에 두 사람은 본래 살던 서울을 떠나 둘만의 삶을 다시 시작하기로 마음먹었습니다. 두 사람에게 호기심 어린 눈빛을 보내며 함부로 말하는 사람들에게 지치고 상처받던 날들에서 벗어나고 싶었습니다. 그렇게 새 출발을 하기로 정하고 찾은 곳이 바로 상주였습니다. 연고도 지인도 전혀 없는 곳이었지만 오히려 아무 기반도 없는 곳이기에 가능성이 있는 곳이란 생각이 들었습니다. 중년의 부부는 다시 0부터 시작해야 했지만 함께였기에 용기를 냈습니다. 새로운 식당을 시작하고 그 일에 매진하는 것은 물론이고, 동네일이나 주변 사람들도 살뜰히 살피며 사람들에게도 인정받는 모범적인 부부가 되기 위해 애썼습니다. 세상에 떳떳한 부부의 모습을 보여 주고 싶었기에, 서로를 사랑하고 아끼는 만큼 참 열심히 살았습니다. 그리고 18년의 세월이 흐른 지금, 재영 씨는 동네 사람들이 힘든 순간에도 믿고 찾을 수 있는 이장님이 되었고, 은문 씨와 함께 손을 잡고 장을 보러 다니는 모습은 이웃들에게 익숙한 풍경이 되었습니다.

물론 매일 사랑으로 행복한 날만 이어졌던 것은 아닙니다. 어렵게 시작한 관계임에도 누구나 겪는 둘만의 어려움은 은문 씨와 재영 씨에게도 빗겨가지 않았습니다. 연상연하 부부이기도 했지만 동시에 재혼 부부이기도 했던 두 사람은 그간의 삶의 방식을 맞춰 가기 위해 많은 양보와 이해가 필요했습니다. 앞뒤 가리지 않고 서로의 좋은 점만 보이던 시기가 지나고 상대의 행동이 짜증나고 화가 날 때도 많았습니다.

관계를 이끄는 것이 익숙했던 재영 씨는 매사 자기 뜻을 밀어붙이는 경향이 있었는데 은문 씨는 그런 면들을 받아들이면서도 어려움을 느꼈습니다. 사실 재영 씨를 만나기 전까지 사업을 하던 은문 씨는 어느 자리에서도 자신의 의견을 서슴없이 말하는 거침없는 성격이었습니다. 하지만 재영 씨 앞에서는 이상하게 조심스러워지고 따르고 싶은 생각이 들었기에 그렇게 해왔습니다. 게다가 어렵게 선택한 재혼인 만큼 두 사람 간의 문제들에 좀 더 인내하고 이해하며 맞춰 주고 싶은 생각도 있었습니다. 하지만 그럼에도 불구하고 견디기 힘든 부분은 있었습니다.

이런 은문 씨의 마음을 재영 씨는 조금씩 알게 되었습니다. 재영 씨 역시 두 사람의 관계에 의심의 눈길을 보냈던 주변의 시선에 지고 싶지 않았기에 더욱 건실한 모습으로 잘 살고 싶은 마음은 같았습니다. 방식이 서툴렀을 뿐 은문 씨에게 잘해주고 싶은 마음도 한결같았습니다. 그렇기에 재영 씨는 점차 자신의 뜻을 밀어붙이기보다는 은문 씨의 의견에도 귀 기울이며 변해 가기로 했습니다.

그리고 그렇게 재영 씨가 변해 가는 사이 은문 씨 역시도 그간 혼자서 꾸려 왔던 삶의 방식을 벗어나 변해 왔습니다. 몸을 쓰며 하는 노동에는 익숙하지 않던 은문 씨였지만 재영 씨와 식당을 시작하면서 중년이 되어 처음으로 새로운 일에 도전해 보게 되었습니다. 몸은 힘들었지만 두 사람이 새로운 삶의 기반을 마련해야 한다는 생각으로 열심히 일했고, 덧붙여 스스로 움직인 만큼 성과를 내는 식당 일에 재미를 느끼게 되었습니다. 두 사람은 각자의 방식으로 변화하며 새로운 조화를 만들어 갔습니다.

재영 씨와 은문 씨는 부부 생활에 있어서 가장 중요한 점은 서로에게 믿음을 심어 주는 것이라 말합니다. 그리고 그 믿음은 거저 생기는 것이 아니기에 구체적인 노력이 필요하다고 이야기합니다.

일단 경제적인 요소가 중요합니다. 이미 삶의 굴곡을 수없이 넘은 후에 만난 두 사람이었기에, 경제적인 궁핍으로 인해 삶의 안정이 이루어지지 않는다면 그것이 부부 사이의

결혼을
묻다

관계까지도 영향을 줄 수 있음을 누구보다 잘 알고 있었습니다. 그래서 처음 상주에 새로운 터전을 잡은 이후로 정말 열심히 일했습니다. 하루 종일 바쁘게 움직이며 쉼 없이 달리며 둘만의 삶의 기반을 탄탄히 다져왔습니다.

　그리고 서로 간의 애정 표현을 적극적으로 하기 위해 노력했습니다. 나이가 든 부부들이 부부 생활에 있어 소극적이 되는 경향이 많습니다. 그리고는 후덕해진 아내의 몸이, 늙어 버린 남편의 몸이 애정을 가로 막는 장애물이라고 핑계 대기도 합니다. 하지만 재영 씨는 세월이 흘러가며 변해가는 서로의 모습 자체가 두 사람의 역사라고 생각합니다. 더불어 상대의 변해 가는 모습은 결국 내가 만들어 간 것이라고 생각하기에 그조차 더욱 사랑하고 아끼려 노력합니다. 부부 관계에 있어서도 서로를 안아주고 사랑해 주는 것을 소홀히 하지 않는 것, 그 또한 믿음을 쌓아가는 중요한 요소이죠.

　마지막으로 사소한 약속이라도 꼭 지키려고 노력합니다. 어딘가 같이 가기로 했다든지 어떤 음식을 같이 먹기로 했다든지 그런 일상의 작은 약속들도 어기지 않고 지키며 신뢰를 쌓아가려 합니다. 만약에 약속한 귀가 시간을 어기거나 자신이 말한 이야기를 지키지 못했을 때는 꼭 말로 사과를 합니다. '나의 미안한 마음을 꼭 말하지 않아도 알아주겠지.' 하는 나만의 기대는 하지 않습니다. 상대를 아끼고 사랑하는 마음을 꼭 말로 표현하는 것, 그것은 유독 사이가 좋은 은문 씨와 재영 씨 부부의 신뢰를 쌓는 방법이자, 부부 금슬의 중요한 비결입니다.

재영 씨는 투박한 말투로 감정 표현에 서툰 남편들을 보면 안타까운 생각이 든다면서 이런 말을 합니다.

"여자들이 원하는 것은 큰돈이 아니라 조금의 돈도 들지 않는 따뜻한 말 한마디예요. 당신이 있어 행복하다는 말 한마디에 아내의 얼굴이 얼마나 행복해지는지 몰라요. 남자들도 마찬가지죠. 힘들게 일하고 집으로 돌아왔을 때 다정하게 오늘 힘들었냐는 한마디를 들으면 얼마나 힘이 나는지 몰라요. 스트레스는 꼭 어딘가 가야만 풀 수 있는 게 아니에요. 집에서도 서로 주고받는 말 한마디로 풀어낼 수가 있죠."

결혼을
묻다

재영 씨에게 은문 씨는 사랑하는 여자이기도 하지만 배울 점이 많은 인생의 선배이기도 합니다. 특히 어머니를 일찍 여읜 재영 씨에게는 포근하게 기댈 수 있는 그늘이 되어 주는 존재입니다. 그리고 은문 씨에게 재영 씨는 사랑하는 남자이면서 동시에 고마운 보호자입니다. 몸이 아플 때 모든 일을 제쳐 두고 자신을 병원에 데려다 주고 걱정하는 남편의 모습을 보면 '이 세상 누가 나를 이렇게 지켜 주겠나.'싶어서 한없이 마음이 든든해집니다.

재영 씨는 평소 생활에서 두 사람의 나이 차이를 별달리 인식할 때가 거의 없지만, 아내가 아플 때는 은문 씨의 건강이 염려되는 마음에 자신보다 나이가 위라는 사실이 안타까워지곤 합니다. 나에게 온 사람이니 어느 날 세상을 떠나는 날이 오더라도 내 품에서 편안하게 눈 감았으면 하는 것이 가장 큰, 그리고 마지막 남은 재영 씨의 바람입니다.

재영 씨 은문 씨 부부가 방송에 가끔 출연할 기회가 생기면서 많은 연상연하 커플들이 상담을 하러 식당에 제법 찾아옵니다. 하지만 그들이 이런저런 고민을 이야기할 때마다 재영 씨가 하는 말은 같습니다.

"사랑에 나이가 있나요?"

이 질문 하나에 부부가 하고 싶은 모든 말이 담겨 있습니다. 그런데 저는 재영 씨의 이 질문에 또 다른 질문 하나를 더 보태고 싶어졌습니다.

"재영 씨와 은문 씨의 사랑이 값진 이유가 열네 살이란 나이 차이를 극복했기 때문일까요?"

실제로 은문 씨와 재영 씨를 만난 후 두 사람이 특별한 것은 열네 살의 나이 차이를 극복한 사랑이기 때문이 아니란 생각이 들었습니다. 물론 그런 점이 자주 없는 경우일 수는 있지만 두 사람이 진정으로 위대한 것은 뒤늦게 만나 18년을 함께해 온 삶의 모습이었습니다. 두 사람이 함께 일궈 온 식당, 주변 사람들의 의심의 눈초리를 신뢰의 눈길로 바꾸게 한 성실한 삶의 나날들, 늙어가는 모습을 지켜 봐 주는 서로

에 대한 애정과 의리, 달달한 사랑뿐 아니라 씁쓸하고 떫고
가끔은 목이 막히는 모든 순간들까지도 함께해 온 두 사람의
역사가 진정 위대해 보였습니다.

어쩌면 사랑은 누구나 빠질 수 있을지도 모릅니다. 하지
만 사랑에 빠진 뒤에 두 사람이 달콤하지만은 않은 현실을 일
궈 내는 것은 아무나 할 수 없는 것이라는 생각이 듭니다. 해
피엔딩보다 중요한 것은 해피엔딩 그 이후의 삶이겠죠.

고대 중국 전설 중에 운명의 붉은 실에 관한 이야기가 있습니다. 그 전설에 따르면 신은 인간의 발목에 운명의 사람들끼리 이어지는 붉은 실을 묶어 두었다고 합니다. 이 붉은 실은 늘어나고 엉키기도 하지만 절대 끊어지지는 않기에 결국 인연이 정해진 이들은 이 붉은 실을 따라 꼭 만나게 된다는 것이죠.

조금 전, 선을 본 남자에게 '잘 들어갔느냐.'는 문자가 왔습니다. 이런저런 잡담을 하다가 이내 마무리가 되는 문자의 끝에 '다음에 또 보자.'는 말이 없습니다. 좀 전의 만남을 되짚어 봅니다. 우선 분위기는 꽤 좋았던 것 같습니다. 화장도 잘 먹었고 얼마 전 새로 산 블라우스도 나쁘지 않았습니다. 큰 웃음은 없었어도 소소하게 미소를 지을 수 있을 정도로 대화도 그럭저럭 잘 되었습니다. 새삼스레 첫눈에 반하는 운명 같은 사람을 기대한 것도 아니었고 특별한 문제만 없다면 몇 번 더 만나볼 의향도 있었습니다. 하지만 그 남자는 다시 보잔 말이 없습니다. 저 또한 딱히먼저 연락할 만한 감정의 동요가 없습니다. 아마도 이걸로 끝이겠지요. 우리는 결혼할 상대를 찾는다는 암묵적인 동의를 하고 자리에 나섰지만 그 짝이 서로는 아니었던 것 같습니다.

선을 본다는 것은 마치 복권을 긁는 일 같아서 99%쯤은 꽝이 나올 것을 뻔히 알면서도, 막상 꽝이 나오면 아쉬워지는 마음을 어쩔 수 없습니다. 운명의 짝을 만난다는 것도 결국 이와 비슷한 확률이 아닐까 싶습니다. 있을 것 같지만 없는, 있다고는 하는데 나한테는 안 나타나는 그런 확률 말이죠.

그런데 당첨 확률이 희박한 나의 운명보다 걱정되는 것이 있습니다. 그건 만약 그 운명에 당첨되는 날이 와도 그것이 당첨인지 눈치채지 못하면 어떡하지 싶은 걱정입니다. 어쩌면 내 발목에 이어진 붉은 실의 상대가 이미 내 주변을 지나쳤거나 머무르고 있을지도 모르는데, 내가 그 운명을 알아챌 능력이 되지 못해 놓쳐 버린다면 그조차 내 운명일까요?

그렇기에 운명의 반쯤은 내 탓일 겁니다. 신은 붉은 실을 묶어 두기만 했을 뿐 그것이 묶인 상대를 옆에 데려다 주진 않으니까요. 게다가 운명이 있다고 했을 뿐 그 짝과 결혼을 하게 될 것이라고 덧붙인 적도 없죠.

질문 둘. '남들처럼 사는 것'이
결혼의
최대 미덕
일까요?

결혼은 잔치다

'참웨딩'을 만들어 가는 〈최게바라 기획〉 최윤현 대표와의 색다른 수다

가장 자기다운 결혼식이 좋은 결혼식이라고 생각합니다. 모든 사람의 얼굴이 제각각이듯이 각자가 꿈꾸는 결혼식도 모두 다른 것이 당연한데 공장에서 찍어 내듯 똑같은 결혼식을 하는 것은 이상하잖아요. 자신만의 결혼 이야기가 잘 드러나고 그것을 함께하는 가족, 하객들과 소통할 수 있는 결혼식을 만들어 가고 싶습니다.

결혼하는 사람들은 제각각인데 결혼식의 모습은 비슷비슷합니다. 그저 '남들 하는 대로', 그것이 가장 편하고 쉬운 방법이자 안전한 길이라 여기기 때문이겠죠. 그런데 이런 결혼식 문화에 의문을 제기한 사람이 있습니다. 바로 〈최게바라 기획〉의 최윤현 대표, 그는 '참웨딩'이란 이름의 기획으로 남들과 다른 나만의 결혼식을 원하는 이들을 돕고 있습니다.

평소 행사를 기획하는 데 있어 그것을 통해 전할 수 있는 사회적 메시지를 중요시했던 윤현 씨는 기존의 결혼식에 문제의식을 가지고 있었습니다. 구체적으로 '너무 비싸고, 너무 재미없고, 너무 의미 없는 결혼식'이라는 세 가지 관점에서 그랬습니다. 사람들에게 새로운 시작을 축하받아야 하는 자리가 과연 제대로 축하를 받을 수 있도록 만들어지고 있는지 의문이 들었습니다.

'결혼식이란 게 참 금세 끝난다.'

결혼식장을 찾을 때마다 느끼는 점입니다. 실제로 윤현 씨는 참웨딩을 시작하기 전에 몇 번의 결혼 기획을 맡은 적이 있었는데 그때마다 무언가 새로운 시도를 해 보고 싶어도 식장 대관 시간의 제약에 가로막혀 번번이 좌절했던 경험이 있습니다. 결혼식이 시작되는 순간부터 다음에 이어질 결혼식 스케줄에 쫓겨야 했기 때문이죠. 마치 공장의 컨베이어 벨트가 돌아가며 찍어 내는 듯한 결혼식을 서둘러 치러야 했습니다.

윤현 씨는 그렇게 치른 결혼식 후에 신랑 신부의 표정을 살펴보았습니다. 그 표정 속에는 인생에서 가장 행복한 날을 보냈다는 기쁨보다 미루어 두었던 숙제를 치르고 난 듯한 피곤함이 묻어 있는 것을 알아챌 수 있었습니다. '이건 아니다'싶은 마음이 들었습니다. 그리고 새로운 결혼 방식에 대한 아이디어를 생각하게 되었습니다.

때마침 소셜벤처대회가 열려서 그곳에 나만의 개성 있는 결혼식을 꾸미는 '참웨딩'에 대한 아이디어를 내었고 일반 아이디어 부문 대상 및 고용노동부 장관상을 수상하며 본격적으로 행동에 옮기기 시작했습니다.

제대로 된 홍보를 하기도 전에 수상 소식이 실린 신문 기사를 보고 먼저 연락을 준 40대 부부가 참웨딩의 첫 번째 고객이었습니다. 신부가 휠체어를 타고 생활해야 하는 상황이었기에 결혼식은 이런 점을 최대한 배려하며 레스토랑을 빌려 진행했습니다. 윤현 씨는 결혼식에서 가장 중요하다고 생각하는 세 가지 측면을 배려한 결혼식을 만들고 싶었습니다. 그것은 신랑 신부, 그들의 부모님, 그리고 하객, 이 모두가 즐거운 결혼식이었습니다. 그래서 장소나 방식 또한 이들에게 가장 잘 어울리는 것으로 택하기로 했습니다.

기존의 정해진 결혼 순서는 아예 고려하지 않고 새로운 형식의 결혼식을 만들어 보았습니다. 신랑 신부 입장은 인디 밴드가 나와 두 사람을 위해 특별히 만든 곡을 연주했습니다. 가족들이 두 사람을 위해 지은 시를 읽기도 했고 결혼 선언은 양가의 아버님이 나와 해 주셨습니다. 그리고 신랑 신부가 만나고 사랑하게 된 과정을 연극 극단과 함께 7분간의 연극으로 만들어 공연했습니다. 연극을 보며 모든 하객이 신랑 신부의 연애의 역사를 같이 공유하길 바랐습니다.

신랑 신부의 친한 친구 70여명만 부른 채 삼청동의 작은 카페에서 결혼식을 진행한 경우도 있었습니다. 양가의 부모님과 가족들은 상견례 겸 결혼식을 조촐히 치른 후, 두 사람만의 의미 있는 식을 치를 수 있도록 배려해 주신 덕분에 친구들만 참석한 결혼식을 진행할 수 있었습니다. 또래 친구들이 모인 자리이기에 더욱 진솔한 결혼식을 치를 수 있었습니다. 이것은 결혼식의 본질은 곧 두 사람을 축하하는 것이라는 윤현 씨의 생각과도 잘 이어지는 부분이었습니다. 신랑 신부와 직접 알지 못하면서도 누구의 딸이기 때문에, 누구의 동료이기 때문에 얼굴 도장을 찍으러 결혼식장에 들르는 사람이 없었습니다. 결혼식장에 모인 모두가 두 사람을 잘 아는 이들이었고 그들을 진심으로 축하해 주러 온 이들이었습니다. 신랑 신부가 두 사람만의 연애담을 이야기하는 시간을 가지고 하객들이 질문을 문자로 보내면 그 문자를 화면에 띄우며 토크쇼를 진행하기도 했습니다. 각자 결혼 생활에서 지킬 규칙들을 정해 발표하고 결혼 선서도 했습니다.

또 다른 결혼식에서는 신랑이 신부에게 평생 손에 물 묻히지 않도록 최신 고무장갑을 선물하겠다고, 신부는 그 고무장갑을 신랑에게 웃으며 끼워 주는 아내가 되겠다고 맹세했습니다. 세상 어디에도 없는 자신들만의 결혼 선서였습니다.

결혼식이 결혼 생활의 예고편 같은 것이라면, 진정으로 나답게 해야 하는 것은

아닐까요? 남들처럼 시작하는 이야기에는 나다운 어떤 것도 담아낼 수 없을 테

니까요.

식이 시작되기 전에는 신랑이 식장 앞에서 서 있고 신부가 대기실에 앉아 있는 익숙한 풍경도 볼 수 없었습니다. 신랑 신부가 함께 축하객들을 맞이했고, 하객들과 함께 폴라로이드 카메라로 기념 촬영을 하면 하객들은 즉석에서 사진 밑에 축하 메시지를 적어 벽에 붙여 두었습니다. 주례 대신 양가 부모님이 그동안 자식을 키워 온 추억을 이야기하며 앞길을 축복했습니다.

가끔 참웨딩을 통해 자신만의 이야기가 담긴 결혼식을 준비하려 했다가 취소된 경우도 있습니다. 대개는 많은 사람들이 하는 것처럼 정해진 순서대로 진행하는 보편적인 결혼식의 형태를 고집하는 부모님의 뜻을 끝내 꺾지 못한 것이 이유였습니다. 그런 모습을 마주할 때면 윤현 씨는 부모님의 뜻을 따라야 하는 사정을 이해하면서도 조금 슬퍼지기도 합니다. 평생 자식들을 키워주신 부모님의 의견을 존중하면서도 그날의 주인공인 신랑 신부의 의견이 잘 반영되는 결혼식이 됐으면 싶지만, 그 두 가지 바람을 동시에 충족시키는 것이 쉬운 일은 아니었습니다.

윤현 씨는 스스로 이런 고민의 중심에 놓인 처지이기도 합니다. 내년쯤 예정된 본인의 결혼을 생각했을 때, 꿈꾸는 결혼식이 있다면 결혼식 그 자체를 하지 않는 것입니다. 스스로 하나의 대안이 되는 결혼 문화를 만들어 가고 있지만 그 대안조차 거부하고 싶은 것이 솔직한 그의 심정입니다. 하지만 결혼식을 꼭 치렀으면 하는 부모님의 바람을 그냥 무시할 수는 없기에 그 뜻을 존중하되 자신만의 철학을 담은 결혼식을 치르고 싶습니다.

그래서 생각하고 있는 것이 웨딩 페스티벌입니다. 결혼식의 날짜를 수, 목, 금, 토, 4일 정도로 하고 싶습니다. 별도의 축의금은 없고 하객들은 2만 원 정도의 티켓을 구입해서 자기가 오고 싶은 날에 참석하면 됩니다. 각 날은 두 사람의 결혼을 주제로 매일 다른 테마를 가지고 꾸며집니다. 하루는 인디밴드를 불러 두 사람과 관련된 노래들을 부르며 음악의 날을 만들고, 또 하루는 두 사람이 만나고 사랑한 이야기를 연극으로 만들어 공연을 하고, 마지막 날은 부모님을 배려하는 차원에서 기존의 결혼식을 올리고 싶습니다. 축의금이 아닌 정해진 입장료를 받는 대신 식사 또한 샌드위치 같은 것들로 가볍게 준비하고 싶습니다. 언젠가부터 결혼식에서 무엇을 먹는가가 최대의 화두가 되었는데 이것은 현재의 결혼 문화에서 가장 아쉬운 부분이기도 합니다. 물론 좋은 날 좋은 음식을 함께 나누어 먹는 것은 기쁜 일이지만, 자신이 낸 축의금과 그 식장에서 먹은 식사의 수준을 교환해야 할 가치처럼 생각하는 풍토가 생긴 것은 아무리 생각해도 안타깝습니다. 내가 축의금을 5만 원 냈는데 그에 비해 음식이 시원찮다거나, 비싼 호텔 식사를 제공하는 결혼식이면 어쩐지 축의금을 더 내야 할 것 같은 압박을 느끼게 됩니다. 때로는 내가 얼마를 내었으니 얼마를 받아야 한다는 계산으로 식장을 찾게 되기도 합니다.

윤현 씨는 '식'으로서 정해진 과정을 꼭 치러야 하는 숙제 같은 결혼식보다는, 잔치같이 모두가 즐길 수 있는 축하의 장으로서의 결혼식을 만들고 싶다고 생각합니다. 완벽하기보다는 자신만의 이야기를 가진 신선한 결혼식을 만들고 싶습니다. 그리고 그 결혼식은 참석한 모든 이들과 소통하는 장이 되길 바랍니다.

"남들이 다 하는 방식으로만 결혼을 해야 한다고 생각하는 것이 어쩌면 상상력의 부재 때문은 아닐까 싶어요. 축하하는 다양한 방식으로 할 수 있는 거잖아요. 신랑 신부를 축하하는 의미는 남기되 그것을 담아내는 방식은 나름대로 변형할 수 있다고 생각해요. 예를 들어 신부 어머니들이 화촉 점화를 하는 이유가 두 사람의 앞날을 밝혀 주는 의미라면 꼭 촛불을 켜지 않아도 함께 노래해 줄 수도 있는 거잖아요. 값비싼 3단 케이크를 자르지 않아도 할 수 있는 즐거운 일들이 훨씬 많다고 생각해요."

우리는 '결혼'을 하려는 것일까? 아니면 '결혼식'을 하려는 것일까? 문득 궁금해집니다. 결혼이라는 것이 이전과는 다른 새로운 방식의 삶을 시작하는 것이라면 우리는 그 시작점을 너무 개성 없는 화려함으로만 채우려 했는지도 모릅니다. 결혼식이 결혼 생활의 예고편 같은 것이라면, 진정으로 나답게 해야 하는 것은 아닐까요? 남들처럼 시작하는 이야기에는 나다운 어떤 것도 담아낼 수 없을 테니까요.

내가 그린 결혼 그림

열한 살 차이 연상연하 부부와의 고마운 수다

세간의 논리와 상관없이 우리만의 법칙을 만들면 된
다고 생각해요. 자꾸 남이 만들어 놓은 것을 따라가려고
하다 보면 문제가 생기죠. 우리에게 가장 좋은, 우리만의
규칙을 찾는 것이 중요해요.

　　결혼 8년 차인 현지 씨와 정우 씨가 처음 만난 것은 교회였습니다. 당시 현지 씨의 나이 마흔한 살, 정우 씨에게는 열한 살 위의 교회 누나였죠. 그저 아는 사이로 지내던 두 사람이 처음으로 상대에게 인간적인 호감을 갖기 시작한 것은 교회 수련회부터였습니다. 하루의 일정이 끝난 저녁 시간에 삼삼오오 모여 각자의 이야기를 나누던 중, 현지 씨는 처음으로 정우 씨의 개인적인 성장 배경을 듣게 되었고 힘든 환경에서 남달리 열심히 살아온 모습에 감동하게 되었습니다.

　　정우 씨는 그야말로 자수성가한 청년이었습니다. 어릴 적부터 부모님에게 어떠한 경제적인 지원도 기대하기가 힘든 가정형편 속에서 자신이 성공해서 집안을 일으켜야 한다는 책임감으로 대학 시절 남들보다 빠른 창업을 이루어 냈고 성실하게 일하며 성공적인 결과들을 만들어 냈습니다. 또래보다 조금 먼저 짊어지게 된 삶의 무게와, 남들보다 조금 더 격하게 겪어야 했던 삶의 굴곡을 담담하게 말하는 정우 씨의 모습에 현지 씨는 어떤 존경심을 느끼게 되었습니다. 나이는 자신보다 한참 어린 동생이었지만 삶을 마주하는 진취적이고 긍정적인 자세에 '참 좋은 사람'이라는 생각을 갖게 된 것이죠. 정우 씨 역시 자신의 이야기를 잘 들어 주는 현지 씨에게 점점 호감을 갖게 되었습니다. 사실 또래 여자들을 만나면 어딘가 가볍다는 생각을 하곤 했던 정우 씨였습니다. 하지만 현지 씨는 무언가 달랐습니다. 대화를 나눌수록 편안하고 따뜻한 느낌을 받았고 점점 그 호감은 이성적인 관심으로 자라나게 되었습니다.

그런데 좋은 교회 누나이던 현지 씨가 관심이 가는 이성으로 느껴지기 시작하면서부터 정우 씨의 마음은 두 갈래의 생각이 대립하기 시작했습니다. 만나서 함께하는 시간 동안은 마냥 즐거운 마음으로 가득하다가도 헤어져 집으로 돌아가는 길에서는 온갖 현실적인 기준들과 이성적인 잣대들이 마음을 가로막곤 했습니다. 이 누나와 관계가 더 깊어지면 나의 인생이 전부 꼬여 버릴지도 모른다는 두려운 생각이 들기도 했다가, 그래도 헤어지긴 싫은 기분이 금세 차올랐습니다. 관계가 더 나아가게 된다 해도 부모님께 말씀드리고 허락받을 엄두도 나지 않고 결혼을 하더라도 아이를 낳지 못할 수도 있다는 생각에 심란하다가도 막상 현지 씨를 만나면 이런 부분은 잊어버리게 되곤 했습니다. 너무 고민이 되어서 친한 친구들에게 이런 이야기를 털어놓으면 돌아오는 말들은 하나같이 헤어지라는 것뿐이었습니다.

하지만 아무리 머리로는 헤어져야 하는 수많은 이유들을 떠올려 보아도 이미 좋아진 마음은 어쩔 수가 없었습니다. 좀 더 만나보고 싶었습니다. 그래서 정우 씨는 자신이 운영하는 회사의 사무 일을 현지 씨에게 도와 달라고 부탁했고, 같은 직장에 근무하게 되면서 두 사람의 관계는 점점 친밀해져 갔습니다.

현지 씨 역시 정우 씨와의 교제를 시작하기까지 쉬웠던 것은 아닙니다. 처음 만났을 때부터 남달라 보이는 인간적인 매력을 느끼긴 했지만 그것은 그야말로 인간적인 호감이었을 뿐, 이성적인 관심과는 거리가 멀었습니다. 그렇기에 정말 좋은 사람인 정우 씨를 주변의 좋은 여자가 있다면 소개해 주고 싶다는 생각을 몇 번이고 했습니다. 실제로 정우 씨와 비슷한 또래였던 친조카에게 소개해 주고 싶은 괜찮은 남자가 있다고 말한 적도 있었습니다.

그런데 정말 거짓말처럼 어느 날 아침에 눈을 뜬 순간, 갑자기 정우 씨가 너무 보고 싶다는 생각이 들었습니다. 스스로 '사랑이 왔구나.'싶은 생각이 들었습니다. 하나님이 갑작스레 건네준 선물 같은 감정이란 생각이 들었습니다. 현지 씨가 이런 자신의 감정을 눈치챘을 때 가장 먼저 든 생각은 어떡하지 싶은 것이었습니다. 일단은 감정을 들키지 말자고 다짐했습니다. 교회에서도 다정한 성격 덕에 호감을 가지고 다가오는 여자들이 많았지만, 이성적인 관심을 보이며 다가오는 순간 엄격하게 선을 긋는 정우 씨라는 것을 알았기에 섣불리 마음을 드러냈다가는 그나마의 관계도 멀어질 것 같았습니다. 현지 씨는 일단 기다리기로 했습니다.

하지만 좋아하는 마음을 숨기는 것은 세상 무엇보다 어려운 일이었습니다. 직접 연락하고 싶고 만나고 싶은 마음은 아무리 참으려 해도 새어 나오는 감정이었기 때문입니다. 그런 감정들이 불쑥불쑥 튀어 나올 때마다 현지 씨는 교회 사람들에게 정우 씨를 칭찬했습니다. 더 많은 사람들이 정우

결혼을
묻다

씨가 가진 좋은 점을 알아주길 바랐던 마음이 컸던 것이 가
장 큰 이유였지만 동시에 그렇게 주변 사람들이 친해지면 자
신도 그 모임에 끼어서 한 번이라도 정우 씨를 더 볼 수 있을
것 같다는 속내도 내심 있었습니다. 차마 먼저 좋아한다고 말
할 수는 없었지만 늘 주변을 지키며 마음을 키워 갔습니다.

사실 현지 씨는 한때 돈이면 모든 문제가 해결된다고
생각했던 사람이었습니다. 어떤 옷을 입었는지, 어떤 머리
스타일과 화장을 했는지 같은 외향적인 기준으로 사람을 평
가하고 그 가치를 매기곤 했습니다. 교회에 처음 다니게 되
었을 때까지만 해도 그곳에서 만나는 사람들이 너무 촌스러
운 행색을 하고 다니기에 속으로 좋지 않게 생각했던 적도
있습니다. 하지만 점차 교회를 다니면서 신앙을 통해 자신의
마음을 정화시키고 되돌아 볼 수 있는 시간을 갖게 되었고
그러자 전에는 보이지 않았던 사람들의 진면목을 볼 수 있는
눈이 조금씩 생기기 시작했습니다. 하나님을 믿으며 그간의
인생이 가식적이었음을 느끼는 계기를 얻게 되었고, 그런 삶
의 변화 속에서 새로워진 눈으로 만나게 된 사람이 바로 정

우 씨였습니다. 정우 씨는 진정한 삶의 알맹이를 가지고 있는 사람이라는 생각이 들었습니다. 그간 막연하게 좋은 사람, 좋은 조건을 갖춘 사람이 아니라 나의 못나고 부족한 점도 내보일 수 있는 사람, 나의 허물을 덮어 줄 수 있는 사람을 만나게 해달라던 기도가 응답을 받아 만나게 된 사람 같았습니다. 정우 씨는 어떤 꾸밈도 더하지 않은 현지 씨의 있는 모습 그대로를 받아들여 주는 가장 좋은 친구였습니다. 또한 자신의 일에 대한 확실한 철학을 가지고 있었고 시간이나 돈을 허투루 낭비하는 법이 없었습니다. 열정적으로 살아가는 정우 씨와 함께 있으면 스스로 좀 더 좋은 사람이 되어가는 것 같았고 그렇게 되고 싶은 생각이 들었습니다.

현지 씨는 정우 씨를 보며 자신의 인간적인 부족함을 깨달았다 말하지만 반대로 정우 씨는 현지 씨에게 인간적인 배움을 얻을 때가 많았습니다. 정우 씨가 현지 씨를 만나는 동안 사소한 다툼이 생기면 화를 내는 쪽은 늘 정우 씨였습니다. 싸움은 특별한 원인이 있어서라기보다 현지 씨를 좋아하는 마음과 현실적인 나이 차이에서 방황하던 정우 씨의 심란한 마음에서 기인한 경우가 많았습니다. 결국 정우 씨가 내면의 갈등을 스스로 다스리지 못해 터져 나오는 자신에 대한 짜증이고 분노였던 것입니다. 그럴 때마다 현지 씨는 같이 화를 내지 않고 그저 받아 주었습니다. 오히려 정우 씨에게 마음 깊숙이 있는 화까지 다 털어낼 수 있도록 더 감정을 끄집어내라고 말해 주었습니다.

게다가 두 사람이 친하게 지내는 모습에 주변 사람들은 일방적으로 현지 씨만을 욕하기도 했습니다. 현지 씨가 나이가 위라는 이유만으로 근거 없는 루머를 퍼뜨리고 그것을 마치 사실인 양 멋대로 믿어 버렸습니다. 하지만 현지 씨는 그런 루머와 루머를 퍼뜨리는 사람들에게 감정적으로 대하는 법이 없었습니다. 오히려 정우 씨 앞에서는 그런 주변 사람을 욕하기보다는 좋은 점을 칭찬했습니다. 자신이 근거 없는 비난에 시달린다 해도 절대 남을 비난하는 일이 없었고, 힘든 내색을 하는 법이 없었습니다. 한 달 두 달의 짧은 시간도 아니고 1년, 2년이 넘도록 변함없이 세상을 대하는 현지 씨의 자세에 정우 씨는 열한 살 나이 차이는 충분히 뛰어넘을 수 있는 것이란 확신을 하게 되었습니다. 힘든 순간들은 하나님께 기도를 드리며 극복했다는 현지 씨의 모습에 인간적으로 믿을만한 사람이라는 확신을 가지게 되었습니다.

'그래, 이 여자랑 결혼하자.'

그렇게 마음먹은 순간 정우 씨는 이 순간 이후로 두 가지 사항은 절대 입 밖에 내지 않기로 결심했습니다. 그것은 자신보다 연상이라는 점과 나이 탓에 아이를 낳기 어렵다는 점, 이 두 가지 만은 절대 입 밖으로 꺼내지 말고 마음속으로도 어떤 미련이나 아쉬움을 가지지 말기로 다짐을 한 후에 정우 씨는 진정으로 현지 씨를 받아들이게 되었습니다.

그런데 두 사람에게는 또 하나의 벽이 남아 있었습니다. 그것은 부모님의 허락을 받는 일이었습니다. 정우 씨는 부모님께 현지 씨와 사귄다는 사실을 말씀드리지 못하고 6개월간 머뭇거릴 수밖에 없었습니다. 열한 살 위의 교회 누나와 사귀고 있다는 사실을 말하려니 입이 잘 떨어지지 않았습니다. 차일피일 미루기만 하다가 어느 날 저녁 식사를 준비하시는 어머니의 뒤에서 지나가는 말로 "엄마, 나 결혼한다." 는 말을 흘리듯이 슬쩍 꺼냈습니다. 어머니는 겉으로는 일단 데리고 와 보라 말씀하시긴 했지만 그 말을 꺼내신 후 실제로 현지 씨를 만나기까지는 두 달여의 시간이 필요했습니다. 그때 독실한 기독교 신자이신 어머니는 바로 교회로 찾아가 이렇게 기도했다고 합니다. 하나님이 살아 계시다면 이럴 수는 없다고 말이죠.

현지 씨 또한 정우 씨의 부모님을 뵈러 가기까지 쉽게 엄두가 나지 않았습니다. 하지만 기도로 마음을 다잡으며 '전쟁은 네가 하는 것이 아니라 내가 하는 것이다'라는 성경 글귀에 힘을 얻어 자신에게 놓인 모든 상황을 신의 뜻에 맡기겠다는 생각을 하게 되었습니다. 그리고 드디어 정우 씨의 집으로 향하게 된 날, 현지 씨는 집 앞에 이르기까지 계속해서 기도를 되뇌었습니다. 정우 씨의 어머님께서 나를 보자마자 하나님이 보내 주신 사람인 걸 알게 해 달라고 말이죠. 그렇게 두근대는 마음으로 문을 열고 정우 씨의 집 안으로 들어섰는데 정말 기적 같은 일이 벌어졌습니다. 어머님이 현지 씨의 얼굴을 보자마자 '하나님이 보내 주신 사람이구나' 하고 말씀해 주신 것입니다. 쉽지 않은 결정이었지만 정우 씨의 부모님은 현지 씨를 그렇게 받아들여 주었습니다. 그리고 현재 현지 씨와 시어머님은 누구보다 사이좋은 고부지간으로 지내고 있습니다. 결혼 전에 정우 씨는 어머니에게 지금은 열한 살 나이 차이라는 것에 가려서 좋은 점이 잘 안보이겠지만 결혼해서 살면 나보다 엄마가 이 사람을 더 좋아할 것이라고 호언장담했다는데, 그 말이 현실이 된 것입니다.

한편 현지 씨 집에 정우 씨가 인사를 하러 왔을 때는 다들 왜 이리 어린 남자를 데려왔나 싶어 일단 놀라는 반응이었습니다. 현지 씨의 큰 형부는 정우 씨에게 단도직입적으로 "처제를 사랑하느냐?"고 물었습니다. 정우 씨는 자신 있게 그렇다고 답했는데, 돌아온 대답은 "베드로도 예수를 사랑한다고 하고 배신했네."라는 한마디였습니다. 당시에는 섭섭한 기분이 앞섰지만 지금에 와서 생각해 보면 정우 씨의 책임감을 자극한 고마운 한마디였습니다. 그 한마디 덕분에 정우 씨는 현지 씨와 함께하는 삶에 대한 오기를 갖게 되었고, 사랑하는 마음으로 함께하겠다는 약속만큼은 기필코 지키겠다는 책임감을 더욱 강하게 가지게 되었기 때문입니다.

하지만 정우 씨는 막상 결혼을 하고 사업으로 바쁘다 보니 현지 씨를 누구보다 사랑하겠다던 약속을 제대로 지키지 못하는 순간들이 생겨났습니다. 팍팍한 일정 탓에 현지 씨와 함께 시간을 보내기로 했던 약속을 어기게 되는 경우가 많았던 것이죠. 자꾸 그런 일들이 반복되면서 정우 씨는 미안한 마음에 괜스레 먼저 화를 내며 무안함을 숨기거나 오히려 먼저 짜증을 내기도 했습니다. 하지만 그럴 때마다 현지 씨는 이를 맞받아치기보다는 오히려 정우 씨의 모든 이야기를 묵묵히 들어 주었죠. 그런 현지 씨의 모습에 정우 씨는 문득 '화를 내고 분노한다는 것은 결국 나의 부족함을 드러내는 거구나.' 하는 것을 스스로 인식하게 되었습니다. 그리고 '내가 왜 바쁜가?'를 생각해 보게 되었습니다. 열심히 일하는 것이 결국 가정을 위한 것인데 일 때문에 가정에 소홀하다면 앞뒤가 맞지 않는다는 생각이 들었습니다. 이런 성찰을 계기로 여태껏 앞만 보며 달려 온 정우 씨의 인생은 조금씩 달라지기 시작했습니다. 겉으로 보이는 성과보다는 내면의 행복에 더욱 무게를 두며 살아가기로 마음먹었습니다.

이렇게 정우 씨를 변화시킨 현지 씨는 연애 때도 그렇고 결혼을 해서도 가장 필요한 태도는 기다리는 것이라고 말합니다. 이 기다림이란 전혀 다른 두 사람이 서로 맞춰 가기 위한 조율의 시간입니다. 무엇보다 중요한 것은 상대가 나에게 맞춰 주길 기다리기보다 스스로 상대에게 맞춰 갈 수 있도록 먼저 변화해야 한다는 것입니다. 결혼을 한 두 사람의 유일한 공통점은 사랑하는 것뿐이라고 생각하면 차이가 발견되는 순간에도 '저 사람은 왜 저러지?' 하고 의문을 갖는 것이 아니라 '저 사람은 저런 면이 있었구나.' 하고 받아들일 수 있습니다. 그리고 차이를 받아들이는 순간부터 많은 것이 달라지게 됩니다.

또한 결혼과 연애에 차이점이 있다면 결혼 후에는 두 사람의 다른 점이 극명하고 숨김없이 드러난다는 점입니다. 연애를 할 때는 적당히 자신의 못난 부분은 숨기고, 만나는 순간의 아름답고 건강한 모습에만 신경 쓰면 되었지만 결혼은 다릅니다. 그 사람의 추한 면까지도 보게 되고 나의 추한 면도 내보이게 될 수밖에 없는 상황이 됩니다. 그래서 많은 부부가 끊임없이 둘의 차이에 당황하고 부딪히게 됩니다. 치약을 앞에서부터 짰네, 뒤에서부터 짰네 하는 것부터 사용한 수건을 빨래통에 안 넣고 바닥에 뒀냐는 등의 남들이 보기에는 아주 사소해 보이는 것들이 당사자들에게는 무엇보다 큰 문제로 다가옵니다.

매사에 상대를 먼저 이해하려고 노력하는 현지 씨라 해도 둘이 부딪히는 순간마다 평정심을 유지할 순 없습니다. 순간순간 정우 씨에 대한 미움이 욱하고 차오를 때도 있었습니다. 그럴 때면 현지 씨는 결혼할 때 목사님께서 써 주셨던 편지를 꺼내 읽고는 합니다. 그 편지에는 이런 문구가 쓰여 있습니다.

'첫사랑을 잊지 마십시오.'

그 편지를 읽다 보면, '아! 맞다. 내가 얼마나 소중하게 생각했던 사람인데 지금 이렇게 함부로 하면 안 되지.'싶은 마음이 들곤 합니다. 이 사람과 처음 사랑에 빠졌던 기억을 떠올리면 더 잘해줘야겠다는 긍휼의 마음이 생기곤 합니다. '긍휼', 서로를 가엾게 여겨 보살펴 주는 것, 이 단어는 부부 사이에 굉장히 중요한 것이라고 현지 씨와 정우 씨는 말합니다. 사랑하는 마음만으로 힘든 순간마다 상대를 미움의 눈이 아닌 긍휼의 눈으로 바라볼 수 있는 것이 유독 사이가 좋은 두 사람이 관계를 유지하는 비법입니다. 상대의 티끌이 보여도 왜 그럴 수밖에 없었는지 이해하려는 것, 완전한 사람은 없으니 상대 또한 부족한 게 당연하다고 받아들이는 것, 아무리 미운 마음이 들었다가도 금세 밥은 먹고 다니는지 걱정되는 것, 그런 긍휼의 마음 때문에 서로를 더욱 아끼고 사랑하게 합니다.

정우 씨의 친구를 만날 때면 친구들은 현지 씨를 '누나'라고, 친구들의 부인이나 여자 친구는 '언니'로 통일해 부르기로 정했습니다. 정우 씨보다 두 살 위인 친누나는 부모님 앞에서는 현지 씨를 올케라고 부르지만 젊은 사람들끼리 만날 때는 '언니'라고 부르기로 했습니다. 기존의 규칙에 얽매이지 말고 서로 정하면 그만이라고 생각했기 때문입니다. 다행히 정우 씨의 누나 역시 나이와 상관없이 손윗사람으로 대우를 받으려고 하기보다는 우리만의 법칙을 만들어 가는 데

동의해 주었습니다. 남들이 한 것에 얽매이지 않고 둘만의 법칙, 둘에게 가장 좋고 잘 맞는 나름의 방식들을 찾아가기 시작하면서 두 사람은 더욱 행복해질 수 있었습니다. 정우 씨는 결혼의 의미를 이렇게 말합니다.

"우리는 모두 부족한 사람이에요. 부족한 사람이 부족한 사람을 만나면 그 틈이 메워지는 것이 아니라 오히려 더 부족해지는 것이 결혼인 것 같아요. 그저 상대의 부족함을 따스하게 바라보고 나의 부족함을 내보이며 살아갈 뿐이죠. 서로 가엾게 여기면서 말이에요. 그러니까 재미있는 것 같아요. 모든 게 완벽해서 서로 필요한 것이 없고, 아무것도 해 줄 것이 없으면 무슨 재미겠어요."

어쩌면 결혼은 나의 부족한 면을 채워 줄 사람이 아니라 나의 부족함을 내보일 수 있는 사람을 만나는 것, 나와 똑닮은 부족한 사람을 거울 앞의 내 모습을 보듯 마주 서는 것, 그렇게 나와 상대의 부족함을 마주할 수 있는 용기일지도 모르겠습니다.

내가 없는 나의 결혼

고단했던 결혼의 기억을 지나 온 그녀와의 담담한 수다

결혼 생활 중에 온갖 모진 일을 겪으면서도 가성을 벗어나야겠다는 생각을 하지 못했어요. 그것은 가정에 대한 책임감 때문이기도 했지만 한편으로는 이 가정을 벗어나면 혼자 살아나갈 자신이 없는 스스로의 무능력 때문이기도 했죠.

넉넉지 못한 집안 형편 때문에 남들보다 조금 늦게 고등학교에 진학하게 된 정인 씨는 스물두 살이 되어서 늦깎이 졸업을 했습니다. 그리고 졸업한 이듬해에 다니던 직장의 거래처의 직원으로 만난 남자와 연애를 시작했습니다. 도시로 나와 직장에 다니기까지 주민이라고 몇 되지도 않는 작은 시골 마을에서 나고 자랐던 정인 씨는 그야말로 세상 물정이라고는 모르는 순진한 아가씨였습니다. 누군가를 판단할 능력은커녕 누군가를 판단해야 한다는 생각조차 하지 못했죠. 그저 사랑하는 남자의 말이라면 뭐든지 믿고 말았습니다.

이것이 드라마였더라면 순진한 아가씨는 그녀를 현명하게 보살펴 주는 백마 탄 왕자님을 만나 밝고 행복하게 살아갔겠지만 현실에서 정인 씨가 만난 남자는 허세에 차서 술만 먹으면 전혀 다른 인격이 나오는 사람이었습니다. 데이트를 하던 무렵부터 욱하는 성격 탓에 정인 씨에게 이유도 없이 손찌검을 할 때가 많았죠. 헤어져야겠다는 생각에 마침 집안 일로 시골집에 내려가야 했던 일을 계기로 연락을 끊으려고도 해 보았지만, 남자는 시골집까지 따라 내려와 정인 씨의 마음을 돌리려 애썼습니다. 그런데 그러는 중에도 매일 술을 마시고는 크고 작은 말썽을 일으키는 바람에 좁은 시골 마을에는 두 사람에 대한 소문이 파다하게 퍼져 나갔고 결국 정인 씨는 더 이상 소문이 나기 전에 서둘러 고향 마을을 떠나오게 됩니다. 남자와의 관계도 유야무야 계속 되었죠.

결국 얼마 안 되어 두 사람은 특별한 결혼식도 치르지 못한 채 남자가 살고 있던 집에서 함께 살기로 했습니다. 14평 남짓의 작은 아파트였던 집에는 시아버지와 세 명의 시동생들 그리고 아주버님까지 식구들이 가득했고 게다가 이곳을 아지트처럼 들르는 친구들로 늘 북적였습니다. 방은 두 칸뿐, 가족들과 함께 뒤엉킨 채 신혼 생활이 시작되었습니다. 남편이 결혼 전에 말했던 자신의 가정환경과 실제 마주한 모습은 많은 것이 달랐습니다. 그가 이제껏 말했던 이야기들이 대부분 부풀려진 거짓이었음은 함께 살게 된 이후에나 하나씩 알아가게 되었죠.

하지만 정인 씨는 이 결혼을 되돌려야겠다는 생각은 하

지 않았습니다. 그렇다고 힘든 상황을 친정의 남매들에게 털어놓고 도움을 구할 자신도 없었습니다. 자매들은 시집살이에 한창이고 형제들은 밥벌이에 힘겨운 것을 알고 있었기에 부담을 주고 싶지 않았습니다. 한편으로 초라한 자신의 모습을 누구에게도 보이고 싶지 않았습니다. 일단 스스로 선택한 길에 어떻게든 살아남아야 한다는 생각이 앞섰습니다.

게다가 그 무렵 정인 씨는 임신 사실도 알게 되었지만, 당시 남편은 무직이었습니다. 생활고는 예견된 일이었죠. 임신 중이었던 정인 씨는 너무 먹고 싶었던 사과 한 알조차 임신 기간 내내 사먹지 못할 정도로 궁핍한 상황이었습니다. 아무리 우직한 정인 씨라 해도 점점 악화만 되는 상황 속에서 이 집에 머무르고 있는 가장 큰 이유인 아이를 지우고 나오고 싶다는 생각을 하지 않았던 것은 아니었습니다. 하지만 아이를 지울 돈이 없었습니다. 정말 당장 먹을 쌀을 살 돈이 없었고, 한 치 앞이 보이지 않는 나날이었습니다. 아이를 낳던 날도 입원한 날 밤 12시가 넘으면 하루 치 병원비 8만 원을 더 내야 한다는 생각에 아이를 낳자마자 서둘러 퇴원을 할 정도였습니다.

그런데 이런 생활고보다 더욱 힘든 점은 남편의 알코올 중독이 생각보다 심각한 지경이라는 것이었습니다. 평소에는 순한 성격이던 사람이 술만 먹으면 완전히 다른 사람으로 돌변했습니다. 입에 담지도 못할 엄청난 폭언과 폭력적인 행동을 술이 깰 때까지 멈추지 않았습니다. 술에 취해 난동을 부리고 술이 깨면 사과를 하는 일상이 반복되었죠. 게다가 한 집에서 같이 살던 시댁식구들끼리도 매일 폭력이 끊이는 날이 없었습니다. 시댁 식구들에게 폭력과 다툼은 일상적인 것처럼 보였습니다.

아이를 가진 후 정인 씨는 남편을 불러 놓고 진지하게 말했습니다. 더 이상은 살아온 대로 살 수 없겠나는 생각에, 이렇게 사느니 차라리 같이 죽자고 강수를 두었습니다. 그제야 남편은 건설 현장에 나가서 일을 시작했고 남편의 일당으로 조금씩 생활비를 벌 수 있게 되었습니다. 하지만 딸아이가 태어난 후에도 남편의 말썽은 끊이지 않았습니다. 하루가 멀다 하고 크고 작은 사고를 일으키는 탓에 경찰서며 유치장을 쉴 새 없이 오가야 했습니다. 제멋대로 사고를 치고 다니는 남편의 뒤처리는 정인 씨의 몫으로 오롯이 남았습니다.

어린아이를 안고 사고를 일으킨 남편을 따라 전국을 동분서 주해야 했습니다.

한번은 구미의 경찰서에 있다는 남편을 찾아 새벽 첫 기차를 타고 내려간 적이 있습니다. 듣도 보도 못했던 외지의 낯선 역에 내리는 순간 하염없이 눈물만 흘렸습니다. 경찰서에 가니 남편은 무기력하게 앉아 있고 당장 합의금을 내야만 나갈 수 있다고 하는데 정말 막막함으로 눈앞이 뿌예졌습니다. 어찌 해야 좋을지 감도 잡을 수 없는 혼란이었죠. 같이 살고 있던 시댁 식구들에게는 어떤 도움도 받을 수 없었기에 결국 정인 씨는 친정 남매들에게 도움을 청할 수밖에 없었습니다. 그러나 그간 자신의 상황을 누구에게도 말하지 않았기에 친청 식구들은 이번 일을 그저 한 번의 해프닝으로만 생각했습니다. 이런 일이 끊임없이 일어나고 있었으리라고는 상상도 하지 못했습니다.

정인 씨는 자신이 참는 것만이 문제를 극복하는 방법이라고 생각했습니다. 적극적으로 남편을 변화시켜 볼 생각은 차마 하지 못했습니다. 자신이 어떤 행동을 취해서 상황을 바꿔볼 엄두를 내지 못했습니다. 그저 이 분란이 집 밖으로 새어 나가지 않게 하는 것이 최선이라고만 생각했습니다. 남들이 모르게 나 혼자 삭혀 내면 괜찮아질 줄 알았습니다. 성격이 팔자를 만든다고 했던가요, 정인 씨의 남다른 참을성과 순진함이 오히려 그녀에게 독이 되었습니다.

남편의 폭주는 좀처럼 멈추지 않았습니다. 외식을 하러 간 식당에서는 반드시 싸움이 일어났고 길을 걷다가 누군가와 부딪히기만 해도 시비가 붙었습니다. 남편이 술을 먹고 돌아오는 날이면 정인 씨는 제일 먼저 집 안의 칼이며 위험한 물건부터 숨기는 것이 일이 된 지 오래였습니다. 술만 먹으면 남편은 죽이겠다며 난동을 부리곤 했기 때문입니다.

첫째 딸을 낳은 후부터는 자신은 아들이 없다는 핑계로 행패를 부리기 시작했습니다. 결국 둘째를 임신하게 된 후의 어느 날, 남편은 병원에서 아들인지 딸인지 물었느냐며 정인 씨를 다그치기 시작했습니다. 그래서 의사가 아직은 알려주지 않더라고 답하니 갑자기 시장 한가운데에서 이미 배가 부른 정인 씨에게 폭언을 퍼부으며 마구 때리기 시작했습니다. 남편은 정인 씨에게 이토록 무차별적인 행동을 서슴지 않는 남자였지만, 정작 자신은 병원에 가서 아이의 성별을 물어 볼 용기조차 내지 못하는 소심한 사람이었습니다. 결국 그의 모든 못난 행동은 못난 자신에게서 비롯되었을지도 모르겠습니다.

둘째 아이가 태어난 후 남편에게는 전에 없던 새로운 버릇까지 생겨났는데 그것은 술을 마시고 온 밤에는 꼭 가족을 모두 차에 태워 엄청난 속도로 도로를 달리는 것이었습니다. 그 차에는 정말 타고 싶지 않았지만 거부하는 순간 남편의 난동이 시작되고, 그렇게 되면 이미 수차례 반복한 이사를 또 해야 한다는 생각이 스쳤습니다. 더 이상 이사를 갈 형편도 안 되었고 대응할 기력도 없었습니다. 일단 남편이 큰소리를 내지 않도록, 이웃에 피해를 주지 않도록 숨기고 달래는 것이 급선무였습니다. 울며 겨자 먹기로 남편의 차에 올랐다 내리는 순간에는 다리가 후들거리고 '살았다'는 말이 절로 새어 나왔습니다.

그런데 이토록 참고 또 참았던 정인 씨라고 해도 결국

폭발하는 날이 오고 말았습니다. 갑작스레 돈을 빌려 달라고 찾아 온 아주버님과 아주버님에게 돈을 빌려줘야 한다며 막무가내를 부리면서 잠도 못 자게 괴롭히며 폭언과 폭력을 행사하는 남편의 모습에 더 이상 참을 수 없게 된 것입니다. 정인 씨는 쓰러질 것 같은 몸을 이끌고 그대로 집을 나가버렸습니다. 당시에 유일하게 집안에서 정인 씨를 따뜻하게 대해주고 이성적으로 감싸주던 시아버님이 계셨기에 아이들을 맡기고, 일단 내가 살아야 아이들도 살릴 수 있다는 생각으로 나올 수밖에 없었습니다.

하지만 남편은 남겨진 두 아이에게 폭력적인 태도를 취하는 것은 물론 정인 씨 대신 상황을 조율하기 위해 찾아 온 친정 식구들에게도 협박을 서슴지 않았습니다. 정인 씨는 그간의 남편의 행동을 익히 알고 있었기에 이대로 돌아가면 정말 죽을지도 모른다는 두려움을 느꼈습니다. 다시 집으로 돌아가야겠단 생각은 있었지만 엄두가 나지 않았습니다. 결국 정인 씨는 시아버님과 친정어머니를 대동하고 다시 집을 찾았습니다. 하지만 정인 씨를 보는 순간 이성을 잃은 남편은 어른들이 보는 앞이라는 것도 아랑곳하지 않고 정인 씨의 목

결혼을
묻다

을 조르며 덤벼들었습니다. 그리고 얼굴에 가래침을 뱉었습니다. 그 순간 정인 씨는 인간으로서 참기 힘든 모멸감을 느꼈습니다.

　게다가 그 무렵 남편은 돌아오지 못할 강을 건너고 말았습니다. 평소의 고약한 습관대로 술을 마신 채 운전을 하던 중 교통사고를 내는 바람에 옆에 태우고 있던 둘째 아이를 잃게 된 것입니다. 그리고 엄청난 충격을 받은 정인 씨는 가족에게조차 연락을 끊은 채 잠적하게 되었습니다. 지리하게 이어짐에도 쉽게 놓지 못했던 남편과의 관계가 결국 아이를 잃고 나서야 끊어졌습니다. 정인 씨는 자신을 아는 모두와 연락을 끊은 채 남편으로부터 벗어났습니다.

　아이를 잃고 극심한 정신적 고통에 삶을 등질 생각까지도 했던 정인 씨였지만 다시 삶은 모질게 이어졌습니다. 그리고 그 시간 동안 새로운 만남도 시작되었습니다. 삶의 가장 힘든 순간에 그 모든 상처를 이해해 주던 지금의 남편을 만나게 되었고, 다시 한 번 가정을 이룬 것입니다.

　누군가는 '그렇게 지독한 결혼을 겪었으면서 왜 또 결혼을 했느냐?'고 물을 수도 있습니다. 하지만 정인 씨는 사실 혼자서는 살아낼 자신이 없었습니다. 지금에 와서 돌이켜 보면 왜 그렇게 혼자서 살아갈 생각은 하지 못했는지 스스로 의문스럽지만, 당시에는 홀로 선다는 것 자체를 상상할 수 없었습니다. 다만 소원이 있다면 아주 적은 돈이라도 매달 정해진 월급을 가져다주는 남자와 만나 일상적인 생활을 하는 것이었습니다. 그렇기에 성실한 남편은 평범한 생활을 함께해 주는 것만으로도 정인 씨에게 큰 위로가 되었습니다.

하지만 재혼은 생각보다 어려운 과정이기도 했습니다. 초혼이었던 남편에게 매사에 죄책감 같은 감정이 느껴졌습니다. 어쩐지 늘 조심스러웠습니다. 득히 진 남편과의 사이에서 낳은 아이에 관해서는 편하게 말하기가 어려웠습니다. 그리고 이혼과 재혼에 관한 그간의 이야기 또한 주변에 대놓고 말할 수는 없는 사항이었기에 늘 비밀 하나를 품은 듯 답답한 기분이 들기도 했습니다.

그러나 정인 씨는 새롭게 찾은 안정된 생활 속에서 조금씩 변화해 갔습니다. 점차 자기 계발을 해나가기 시작한 것입니다. 요리에 소질이 있었던 적성을 살려 조리사 자격증을 따고 야간 대학에도 다니며 새로운 능력들을 계발해 나갔습니다. 그러자 예상치 못했던 변화들이 일어났습니다. 정인 씨에게 전에 없던 자신감이 생겨나기 시작한 것입니다. 이제는 당당한 사회의 구성원으로서 할 수 있는 일들이 있다는 것이 힘이 되어 세상을 대하는 정인 씨의 태도에 생기가 돌았습니다.

가정을 벗어나면 내 인생도 끝이라고 생각했던 예전의 정인 씨의 모습은 사라졌습니다. 수동적으로 닥친 현실을 받아들이던 모습에서 능동적으로 자신의 삶을 개척해 나가는 태도로 바뀌었습니다. 나의 치부를 숨기기에 급급해서 버려내야만 했던 자세가 변했습니다. 이젠 거침없이 자신을 드러내고 사람들 속에서 내 역할을 찾아 가게 되었습니다. 가정이 내 모든 것이 아니라고 생각하게 되자 역설적으로 가정에서 더 행복해질 수 있었습니다. 남편에게도 좀 더 편한 마음으로 다가갈 수 있게 되었습니다.

정인 씨는 아직 결혼을 경험하지 못한 이들이 있다면

이런 말을 해주고 싶습니다. 둘이 함께하는 삶을 꿈꾸는 것도 중요하지만 일단 혼자서도 잘 설 수 있는 삶을 만들어 가는 것이 먼저라고 말이죠. 덧붙여 결혼은 꼭 해야 하는 것은 아니라는 점도 말해주고 싶습니다. 이는 스스로 결혼은 반드시 선택해야만 하는 선택지라고 생각했지만 그 선택의 끝을 경험한 이로서 진심으로 해줄 수 있는 조언입니다.

이제 중년이 된 정인 씨는 자신의 결혼과 삶에 대해 이렇게 반추합니다.

"지금 제가 누리고 있는 삶에 '성공'이란 단어를 붙이기는 어렵지만 적어도 '평범'이라는 수식을 붙일 수는 있을 것 같아요. 젊은 시절에 어려운 결혼 생활을 하면서 가장 꿈꿨던 것이 남들처럼 평범하게 사는 것이었으니 지금의 삶에 만족합니다. 남편이 매달 가져다주는 월급으로 삶의 계획을 세우고 별다른 풍파 없이 비슷비슷하게 흘러가는 하루하루를 사는 것이 가장 큰 꿈이었는데 재혼 이후에 그런 삶을 누리고 있으니 큰 변화를 한 것이 아닌가 싶어요. 그리고 무엇보다 변한 점은 이제는 꼭 결혼에 얽매이지 않더라도 스스로 살아갈 자신이 생겼다는 점이에요. 젊은 시절에는 미처 가져 보지 못한 생각이죠. 일단 혼자서도 살아갈 자신이 생겼으니 결혼 생활을 한결 편한 마음으로 대할 수 있는 것 같아요."

　사회생활의 경험도 전혀 없고 낯선 사람과의 교류도 거의 없던 그야말로 순진무구한 상태로 결혼을 하게 된 정인 씨는 누구보다 모진 결혼 생활을 겪어 내야 했습니다. 그렇게 만난 남자는 자신에 대한 자신감이 전혀 없는, 그 모든 자괴감을 술에 기댄 상태에서 타인에게 푸는 못난 사람이었죠. 이런 것을 보면 결혼이란 참 아이러니합니다. 둘이 함께해야 하는 것이기 때문에 반드시 혼자서도 잘 설 수 있어야 하니까 말이죠. 우리가 살기 위해서는 내가 살 수 있어야만 한다는 생각이 듭니다.
　그리고 평범한 결혼 생활의 어려움을 다시 한 번 실감합니다. 평범함이라는 것이 은연중에 뻔하고 지루한 것으로 사용되기도 하지만 사실 그 평범함은 누군가에게 있어 삶의 목표가 되기도 하니까요.

조카에게 라푼젤 동화책을 읽어 주시던 어머니가 갑자기 고개를 돌려 저를 보십니다. 애는 성에 갇혀 살아도 제짝을 만나는데 우리 딸은 누가 가두지도 않았건만 왜 시집을 못 가나 하십니다. 요즘 들어 어머니는 어떤 이야기를 꺼내든 '그건 그렇고'로 시작해 결국 결혼 이야기로 마무리하시는 신묘한 능력을 펼쳐 보이십니다. 조카를 예뻐하면 결혼해서 네 애를 낳을 나이라 하시고, 생리통이 심하다고 하면 결혼하면 다 낫는다 하십니다. 그 시작은 제각각이어도 끝은 다 결혼이 되는 마법 같은 언변의 요지는 늘 결혼은 만병통치약이란 것입니다. 그러니 묻지도 따지지도 말고 맛보라는 것이죠. 어머니에게 저의 결혼은 '당연히 해야 할 것'으로 전제되어 있습니다. 반면 저에게 결혼은 '해도 좋고 안 해도 그만인 것'으로 입력되어 있고요. 여기서부터 우리 사이의 끊임없는 희비극은 만들어집니다.

언젠가 첫 만남부터 결혼을 논하는 남자를 만난 적이 있습니다. 그 남자는 말머리마다 "이제 결혼할 나이도 되었고~"를 붙이며 자신이 꿈꾸는 결혼에 대한 열변을 토했습니다. 그리고 그 꿈속에 슬쩍슬쩍 제가 대입되기도 했습니다. 그 순간 의아

했습니다. 이 사람과 나 사이의 이야기는 발단도 없었는데 전개 위기 절정을 건너 뛰고 결론에 이르려는 듯 느껴졌기 때문입니다. 그저 남들이 결혼하는 나이에 만난 사람이니 일단 결혼을 꿈꿔야 하나 싶은 생각도 잠깐 들었지만 아무래도 이건 아니다 싶은 기분이 사라지지 않았습니다.

그렇게 만남을 마치고 돌아오는 길에 걸려온 어머니의 전화에 아무래도 나는 아직 결혼할 준비가 되지 않은 것 같단 말을 꺼내자 어머니는 이렇게 말씀하셨습니다.

"닥치면 다 하게 되어 있다. 남들 다 하는 건데 너라고 못하겠니?"

정말 결혼이나 그 이후로 시작되는 새로운 인간관계들, 그리고 출산, 육아 같은 새로운 경험들은 모두들 하고 있는 것이니 나도 어떻게든 할 수 있는 것일까요? 그래서 '어떻게들' 해냈느냐는 과정이 궁금한데, 늘 돌아오는 답변은 '해냈다'라는 결과들 뿐입니다. 그 자체가 하나의 맹목적인 신앙처럼 되어 버린 결혼이 무조건 끌어안아야 하는 절대 반지처럼 여겨지는 현실에 어쩔 수 없이 불편해집니다.

이런 내가 너무 남들과 다른 걸까요? 늘 '남들처럼'을 이야기하지만 정작 그 '남들'이 누군지는 매번 모르겠습니다.

질문 셋. 결혼 뒤의 삶은
결혼 전과
전혀
다른 것인가요?

이상한 나라의 결혼 생활
막막했던 결혼의 늪을 막 벗어난 그녀와의 평온한 수다

결혼을 결정할 때 자신이 처음 상대를 선택했던 가장
큰 이유를 지워 본다면 좀 더 확실한 선택을 할 수 있다고
생각해요. 만약 상대에게 반했던 매력이 성적인 것이라면
성적인 행위를 전혀 못하게 된다 해도, 곱상한 얼굴에 끌
렸다면 그 얼굴이 갑자기 망가지고 사라진다 해도, 풍족
한 돈이었다면 그 모든 돈을 잃은 상태가 된다 해도 그 사
람을 선택할 수 있다면 결혼해도 좋다고 생각해요. 상대의
가장 좋은 점 이외의 것들까지도 받아들일 수 있어야 한다
는 것, 그것이 결혼이 연애와 다른 점이겠죠.

　　결혼은 어느 날 갑자기 툭 튀어나오듯 하게 된다고들 합
니다. 전혀 결혼할 것 같지 않았던 친구의 갑작스러운 청첩
장을 받아들 때, 어쩌면 개개인마다 운명처럼 정해져 있는 결
혼의 시기란 것이 있지 않은가 하는 의문을 제기하게 되죠.

　　주영 씨의 경우는 스물아홉이 되었을 때 결혼하기로 스
스로 다짐했습니다. 지금까지 살면서 목표했던 것들은 대부
분 이루어 온 그녀였습니다. 똑똑한 학생으로 주변의 관심
을 받던 학창 시절을 지나, 원하는 대학에 들어갔고, 좋아하
는 남자와 뜨거운 연애도 했습니다. 대학을 졸업한 후에는
꿈꾸었던 공무원이 되었고, 열정을 가지고 일했습니다. 이런
주영 씨에게는 결혼도 일종의 과제 같은 것이었습니다. 계획
을 세우고 열심히 하면 잘할 수 있으리라 믿었습니다.

　　서른을 앞둔 나이, 비교적 결혼이 빠른 공무원 동료들 속
에 있다 보니 왠지 모를 조급함이 느껴졌습니다. 심리적 마지
노선이 다가왔고 지금 결혼하지 않는다면 경쟁에서 뒤처질

것이라는 패배의식도 찾아 왔습니다. 모든 상황이 '결혼이 필요한 시기'임을 말하는 듯이 느껴졌고, 일단 선을 보고 웬만한 남자라면 곧바로 결혼을 고려해 보기로 다짐했습니다.

사실 많이 외롭던 시기이기도 했습니다. 일을 하면서 힘든 상황들이 연이어 벌어졌지만 온전히 기대고 위로받을 수 있는 사람이 없었습니다. 한편 이미 해보고 싶은 일은 다 해 본 듯한 허무함도 있었습니다. 인생에서 느낄 수 있는 여러 감정들을 이미 다 겪어 본 듯싶었습니다. 좋은 대학에 가기 위해, 취업에 성공하기 위해 달리듯 인생을 살았지만, 그 이후에는 그만큼 몰두할 목표가 없었습니다. 집과 회사를 오가는 반복되는 일상이 권태로웠고 새로운 자극이 필요했습니다. 이런 자신에게 결혼은 튼튼한 동아줄처럼 새로운 일상을 만들고 외로움을 채워줄 것이라고 막연히 기대했습니다.

선을 보러 나간 자리에는 그야말로 웬만해 보이는 남자가 앉아 있었습니다. 경제적으로 풍족한 집안에서 자랐고, 명문 대학을 졸업했고, 나름 순수한 면도 있어 보였습니다. 삼십대 중반의 나이임에도 고시를 준비한다는 것이 유일하

게 마음에 걸렸지만, 결혼 후의 생활비를 고민하지 않아도
될 만큼 여유로운 경제적 배경이 있었고 결혼한다면 고시 공
부를 그만두고 취직을 하겠다는 약속도 믿어볼 만하다는 생
각이 들었습니다. 그래서 결혼을 전제로 일 년이 조금 안 되
는 시간 동안 교제를 했습니다. 일주일에 한 번씩, 세 시간
정도의 만남을 가졌습니다. 특별히 깊은 대화를 나눈 적은
없었지만 그렇다고 말이 전혀 통하지 않는 것도 아니었습니
다. 결혼을 앞두고는 약속했던 대로 새로운 직장을 구하는
남편의 모습을 보니 고시에 대한 미련을 접은 듯했습니다.
그런데 결혼 직전에 마지막이라는 단서를 걸고 치렀던 사법
고시의 1차 합격 소식이 들려 왔습니다. 겨우 잠재웠던 고시
에 대한 욕망이 다시 살아났고, 취업 준비는 없던 일이 되었
습니다. 주영 씨는 기뻐해야 할지 슬퍼해야 할지 복잡한 기
분이 들었습니다.

　게다가 비슷한 시기에 알게 된 남편의 숨겨진 성격은
걱정을 더하게 했습니다. 남편이 자신의 화를 잘 다스리지
못한다는 것을 눈치채게 된 것입니다. 여러 가지 불안감이
엄습해 왔지만 그때는 이미 청첩장을 돌린 후였습니다. 되

돌리기에는 늦었다는 생각이 들었습니다. 만약 불길한 조짐만으로 결혼을 그만둔다면 주변 사람들에게 창피할 것 같았고, 그것은 인정할 수 없는 패배라고 생각했습니다. 이것은 비단 자신만의 문제도 아니었습니다. 한국에서의 결혼이란 부모에게 최종 성적표와 같다는 것을 잘 알고 있었습니다. 좋은 고등학교, 좋은 대학, 좋은 직장에서 얻은 중간 성적표들을 모두 모은 최종 장 같은 것이라고 할까요? 경쟁 사회의 결정체이고, 돈이 오가는 비즈니스고, 인맥, 재력, 학력 등 모든 것이 총집합되는 인생의 정점이었습니다. 그것을 멈출 용기가 주영 씨에게는 없었습니다. 주영 씨는 그렇게 나빠지진 않을 거라고 애써 자신을 다독이며 결혼식을 맞이했습니다.

하지만 긍정적인 미래를 그리려 애쓰던 주영 씨의 바람과는 달리 남편의 정신적인 문제는 생각보다 심각했습니다. 결국 고시에 또 한 번 떨어진 남편은 고시에 대한 미련을 접기는커녕 전보다 더한 집착을 보이기 시작했습니다. 틈만 나면 도서관으로 고시 공부를 하러 나간다며 집안일에 무관심한 것은 기본이고, 분노 조절 장애와 어린 시절 부모님과의 불화로 인한 트라우마, 의처증 등 병명을 정리하기도 어려운 복합적인 문제들 또한 연이어 드러났습니다. 게다가 자신의 문제를 인식하고 스스로 개선해 가겠다는 의지도 전혀 없었습니다. 끊임없이 남편과 함께 전문가의 상담을 받으려고 노력했고, 혹시 아이가 태어나면 좀 달라지지 않을까 하는 기대를 품으며 곧바로 첫 아이를 낳기도 했지만, 모든 노력은 헛수고였습니다. 두 사람의 관계는 점점 나빠져만 갔고, 결국 결혼식을 올린 지 얼마 안 되어 주영 씨와 남편은 '부부'가 아닌 '동거인'으로서만 같은 공간에 존재하게 되었습니다.

아무리 이해하려고 해봐도 주영 씨의 남편은 정말 이상했습니다. 주영 씨의 가족들이나 친구들과의 만남은 대부분 피하고 싶어 했습니다. 두 사람의 사이가 틀어진 이후에는 자신의 아버지가 구해 준 집에 살고 있으니 월세를 내라고까지 했습니다. 그 와중에 시어머니는 부부의 문제를 미신에 의지하여 해결하려고 하며 주영 씨를 더욱 힘들게 만들었습니다. 부부 관계를 회복하려면 남편의 속옷을 보내라는 둥, 손톱을 보내라는 둥, 굿을 해야 문제가 해결된다는 둥의 납득하기 어려운 요구가 끊이지 않았습니다. 하지만 남편은 자신의 부모님 앞에서 마치 갓난아이처럼 아무 말도 못하고 무조건 따르기만 할 뿐이었습니다. 남편이 아닌 아들로서만 살아야 하는 사람 같아 보였습니다.

게다가 주영 씨에 대한 밑도 끝도 없는 의심은 견디기 힘들 정도였습니다. 밤만 되면 몰래 주영 씨의 가방을 열어 영수증을 하나하나 뒤지고, 차 키를 빼서 차를 몰래 뒤지며 계기판을 매일 0으로 맞춰 두었습니다. 하루 동안 얼마나 움직이는지 확인하려는 것이었습니다. 하지만 그런 남편이 정작 자신은 결혼 후에도 수 명의 여자들과 부적절한 관계를 만들어 왔다는 것은 얼마 지나지 않아 들통 나게 되었습니다. 남편은 결혼 생활 내내 총각 행세를 하며 자신의 재력과 학력 같은 허울 좋은 조건들을 그럴 듯하게 드러내며 다른 여자들을 만나고 다닌 것입니다. 스스로 떳떳하지 못한 생활을 하고 있는 동안, 자신의 아내 또한 그럴 것이라는 딱 자기 수준만큼의 착각을 했는지도 모르죠.

결혼 이후 주영 씨는 또래에 비해 좋은 집에 살고 있었습니다. 보통 서른 초반 정도의 친구들이 전세 대출이다 뭐다 빚을 얻어서도 그다지 만족스러운 집을 얻지 못하는 반면에, 주영 씨는 서울 중심부에 위치한 40평 가까이 되는 아파트에 살았습니다. 그것은 시댁에서 마련해 준 남편 소유의 집이었고, 남들이 보면 정말 부러워할 만큼 크고 좋은 집이었습니다. 하지만 언젠가부터 퇴근길에 집에 다 와 가면 숨이 턱 하고 막히는 기분이 들었습니다. 집이 보이기 시작하면 심장이 아파오는 듯했습니다. 감옥에 들어가는 기분이 이럴까 싶었습니다. 집이 집이 아니었습니다. 마치 이상한 나라의 앨리스가 된 기분이었습니다. 같은 한국어인데 다른 외국어를 쓰는 기분이랄까요? 전혀 말이 통하지 않는 어느 나라에 홀로 떨어진 기분이었습니다. 슬픈 깃보다 멍하고 무서웠습니다.

하지만 아무리 상상도 못했던 문제들이 일어나는 결혼 생활이더라도 주영 씨는 포기하고 싶진 않다고 생각했습니다. 결혼을 지속해야 하는 단 하나의 이유라도 있다면 계속 해나가고 싶었습니다. '어쩌면 좋아질 수도 있다.'는 막연한 희망을 쉽사리 놓을 수가 없었습니다. 그런데 간신히 버티던 주영 씨에게 더 이상 부부로 지낼 수 없음을 확신하게 되는 계기가 찾아오고 말았습니다. 그것은 주영 씨가 폐렴을 앓게 된 어느 날, 남편이 던진 한마디였습니다.

"그렇게 아픈데 왜 '내 집'에 있어? '너네 집'으로 가!"

그 말을 듣는 순간, 주영 씨는 더 이상 결혼을 지속할 이유가 단 하나도 남지 않았음을 깨달았습니다. 그날 밤 엎친 데 덮친 격으로 아이까지 갑자기 아파 울기 시작했는데 남편의 행동은 더욱 가관이었습니다. 도저히 운전을 할 상황이 아니었던 주영 씨가 남편을 깨워 응급실에 가자고 말하니, 알겠다고 말한 뒤에 방에 들어가 한참 동안 나오지 않았습니다. 제법 시간이 흘러서야 양복을 차려 입고 나와서는 남들 앞에 파자마 차림으로 나갈 수는 없다고 했습니다. 아픈 아이를 안고 초조하게 기다리던 주영 씨는 어이없는 생각에 결국 한마디를 했는데, 그것이 남편을 자극했습니다. 자신에게 함부로 말했다며 병원으로 가는 내내 분노를 억누르지 못하고 폭주하고 말았죠. 아이 앞에서 온갖 욕을 서슴지 않고 내뱉으며 어쩔 줄을 몰라 했습니다. 정말 이 남자와는 헤어져야겠다는 확신이 들게 하는 순간이었습니다. 주영 씨가 생각한 결혼이란 자신이 가장 못나고 약해진 순간에도 기댈 수 있는 상대가 생기는 것이었습니다. 하지만 현실은 그와 정반대였습니다. 이렇게 아픈 순간 자신과 아이를 전혀 아껴 주지 않는 남자라면, 아무것도 기대할 수 없겠다는 생각이 들었습니다.

이 결혼 생활을 지킬 단 하나의 이유도 남아 있지 않게 되었을 때 주영 씨의 우울은 깊어 갔습니다. 버티기 힘든 한계에서 결국 이혼을 생각하게 되자 무엇보다 가장 힘든 점은 자신을 용서할 수 없다는 것이었습니다.

'내가 왜 이 남자를 선택했을까?'

그 질문을 곱씹을 때마다 자신을 용서할 수가 없었습니다. 결혼 전의 삶이 내 의지대로 살 수 있는 삶이었다면, 결혼 후의 삶은 타인과 함께 인생의 목표를 잡고 발맞춰 나아가야 하는 삶이었습니다. 나만 잘한다고 되는 것이 아니었기에 끊임없이 스스로 어쩔 수 없는 상황에 놓이게 되었고, 그럴 때마다 한없이 초라한 기분이 들었습니다.

이혼 소송의 과정에는 만남부터 헤어짐까지의 과정을 서면으로 써서 가사 조사관에게 제출해야 하는 것이 있었습니다. 24페이지에 달하는 자신의 이야기를 적어가며 주영 씨는 새삼 결혼이라는 계약의 무게를 실감했습니다. 결혼은 단순히 인간과 인간과의 관계를 넘어서 법적인 효력이 발휘되는 계약이라는 생각이 들자, 이 종이 한 장의 무게를 실감하지 못했던 결혼 전의 자신을 되돌아보게 되었습니다. 남자와 여자 사이에 혼인 신고서 한 장이 들어와 남편과 아내가 된 순간부터 생겨나는 관계의 무게가 어깨를 짓누르는 기분이었습니다.

주영 씨에게 결혼이란 거대한 블랙홀 같았습니다. 정신 차릴 틈 없이 빨려 들어가는 무서운 힘이었습니다. 하지만 그럼에도 불구하고 주영 씨는 자신이 경험한 결혼이 아름답지 못했다고 해서 모든 결혼이 그럴 것이라고 생각하지는 않습니다. 여전히 결혼 자체에 긍정적인 마음과 희망을 가지고 있습니다. 좋은 결혼을 하고 좋은 가정을 꾸리는 것은 세상 그 어떤 일보다 가치 있는 일임을 믿고 있죠. 결혼이란 단지 남녀가 만나 같이 살고 아이를 낳는 일 이상의 의미를 가진 일이라고 생각하는 것은 변함없습니다. 또한 결혼 생활을 통해 만나게 된 아이와의 관계는 다른 무엇보다 소중합니다. 권태 없이 깊어지기만 하는 아이에 대한 사랑을 통해 자신이 치유받고, 인간적으로 성숙하고 있음을 느낍니다.

다만, 지금 결혼을 하려는 이가 있다면 결혼을 결정할 때 자신이 처음 상대를 선택했던 가장 큰 이유를 지워 본다면 좀 더 확실한 선택을 할 수 있다고 말해 주고 싶습니다. 만약 상대에게 반했던 매력이 성적인 것이라면 성적인 행위를 전혀 못하게 된다 해도, 곱상한 얼굴에 끌렸다면 그 얼굴이 갑자기 망가지고 사라진다 해도, 풍족한 돈이었다면 그 모든 돈을 잃은 상태가 된다 해도 그 사람을 선택할 수 있다면 결혼해도 좋다고 생각합니다. 상대의 가장 좋은 점 이외의 것들까지도 받아들일 수 있어야 한다는 것, 그것이 결혼이 연애와 다른 점이겠죠.

그리고 무엇보다 조급해하지 말라고 하고 싶습니다. 스스로 결혼을 조급하게 서둘렀던 그녀이기에 진심으로 말하고 싶습니다. 평균적인 혼인 시기에 자신의 경우를 맞추려 하지 말기를, 주변에 떠밀리지 말기를, 그 탓에 급하게 결혼

을 선택하지 말라고 꼭 말해주고 싶습니다. 결혼은 선착순
으로 좌석이 주어지는 공연이 아닙니다. 남들이 하나 둘
씩 앉기 시작한다고 해서 내 자리가 없을까 안달하며 아무
자리에나 앉고 보려는 마음만큼 위험한 것이 없습니다.

그리고 다사다난하고 이상했던 결혼의 나라에서 빠져
나온 주영 씨, 그녀는 결혼의 조건을 이렇게 되뇝니다.

"가장 중요한 결혼의 조건이란 일단 '나다움에 대한 제
대로 된 인식'이 아닐까 싶어요. 내가 어떤 사람인지 알
고, 내가 어떤 사람과 함께 있을 때 가장 행복한지 정
확히 알고 난 뒤에 결혼을 해야 진정으로 행복해 질 수
있는 확률이 높아진다고 생각해요."

결혼을 경험해 본 사람은 있어도, 실패한 사람은 없다
고 생각합니다. 성공과 실패라는 기준으로 나누어 생각하는
순간 이미 결혼의 진정한 의미는 퇴색되어 버리는 것은 아
닐까 싶습니다. 중국의 전종서라는 작가는 '결혼이란 사면이
둘러싸인 성과 같아서 성 밖의 사람들은 기를 쓰고 안으로

들어오려고 하고 성 안의 사람들은 필사적으로 밖으로 나오려고 한다.'는 글을 쓴 적이 있습니다. 성 안에 있든 성 밖에 있든 어느 쪽이 성공이나 실패라거나 혹은 좋다 나쁘다를 가를 수는 없겠지만, 자신에게 편안한 각자의 자리는 있을 수 있겠죠. 그렇기에 결혼이라는 성의 안과 밖, 어느 쪽에 설 것인지는 순전히 자신이 선택하기 나름입니다. 다만 그 선택은 무조건 자신의 뜻대로여야 할 것 같습니다. 선택을 하는 순간에는 이래라 저래라 훈수 두는 사람이 많겠지만, 선택에 대한 책임은 오롯이 나 혼자의 몫으로 남을 테니까요.

결혼을
묻다

그렇게 어머니가 된다

워킹맘 박누리 씨와의 생생한 수다

'아이의 웃는 얼굴을 보는 순간 모든 걱정과 피로가 사라진다.'는 말은 그야말로 판타지예요. 아이는 분명 커다란 행복을 주지만 그 행복이 쑤시는 허리를 낫게 할 순 없죠.

스물아홉 살에 결혼식을 올린 누리 씨는 이제 결혼 3년 차가 된 워킹맘입니다. 직장에서 동료로 만나 1년이 조금 넘게 연애를 한 지금의 남편과는 자연스럽게 연인에서 부부라는 전환점을 맞이하게 되었죠. 서른이 넘기 전에 결혼하고 싶다는 막연한 바람을 가지고 있었는데 그것을 구체화시켜 줄 만한 든든한 상대를 만난 것은 행운이었습니다.

결혼을 하며 누리 씨는 생활 방식 자체의 변화를 맞이하게 되었습니다. 일단 처음으로 맞이한 변화는 부모님과 떨어져 자신만의 생활공간을 얻게 되었다는 것이었죠. 스무 살이 되었을 때 사회적인 의미의 성인이 되었고 직장 생활을 하며 경제적으로 독립하게 되었시만 부모님과 생활공간이 분리되는 것은 처음이었고 이것이 또 다른 성인이 되는 과정처럼 느껴졌습니다. 부모님과 함께하던 생활에서 완전히 벗어나 자신과 남편이 주인이 된 새로운 가정을 만들게 되자 이제야 진정한 의미의 어른으로서 새 출발을 한다는 생각이 들었습니다. 그런데 이런 새로운 환경에 적응도 되기 전인 결혼 한 달 차에 누리 씨는 임신을 했다는 사실을 알게 되었습니다. 허니문 베이비가 생긴 것이죠.

"임신입니다."

이 다섯 글자는 어마어마한 기쁨이었지만 동시에 당황
스러움이기도 했습니다. 일단 누리 씨의 머릿속에 가장 먼저
스친 생각은 '내가 부모가 될 준비가 되어 있을까?' 하는 의
문이었죠. 사실 이제까지 특별히 시간을 들여 생각해 본 적
이 없는 문제였습니다. 갑작스레 답을 구해야 한다는 것 자
체가 두려움으로 다가오는 물음이기도 했죠. 그리고 회사 걱
정도 함께 떠올랐습니다. 결혼 직후 더 나은 근로 환경을 찾
아 이직을 고민하며 자기 계발을 시작하던 차였기에 기쁜 마
음과는 별개로 고민이 되는 마음들이 뒤섞였습니다. 이렇게
나의 커리어는 멈추는 것인가 싶기도 했습니다.

기혼이 이직에 미치는 영향은 겉으로 드러나지는 않습
니다. 다만 느껴질 뿐이죠. 결혼한 여성들은 직장 생활에 적
극적으로 참여하지 않는다는 편견이 없다고는 할 수 없습니
다. 아무리 근무 시간에 제 몫을 다 해낸다고 해도 회식에 참
가하지 않거나 칼퇴근을 하면 "유부녀라 어쩔 수 없군."이란
말이 알게 모르게 나오게 되니까요. 게다가 이직 준비를 하

던 중에 이력서를 쓰다 보면 결혼 여부를 써야 하는 곳도 많고, 가끔은 결혼기념일까지도 작성해야 할 때가 있었습니다. 이런 항목들이 취업에 직접적인 영향이 없을 것이라고 믿고 싶으면서도 어쩐지 불리하게 작용할지도 모른다는 생각에 스스로 움츠러들게 됩니다. 게다가 아이까지 생기면 일단 나의 사회적 경력을 쌓는 일에서 한 걸음 물러나야 하는가 싶은 생각이 들 수밖에 없습니다.

사랑하는 사람과 결혼을 하고, 2세를 갖는 일은 두말할 것도 없이 기쁜 일입니다. 하지만 그 기쁨이 다른 모든 걱정을 불식시키고 그 하나만으로 가슴을 가득 채우지는 않습니다. 당연히 기쁘듯 당연히 걱정되는 일들이 있고 기쁨과 동시에 다른 감정들이 존재하죠. 한 가족의 아내이고 엄마가 되기에 앞서 한 개인으로 사는 삶이 있으니까요.

누리 씨는 사회생활의 끈을 쉽사리 놓고 싶지 않았습니다. 여자들은 결혼하면 남편 그늘에서 살림한다는 이야기도 듣기 싫었고, 지금의 사회인이 되기까지 들여 온 시간과 가치들을 쉽사리 놓아 버릴 수도 없었습니다. 그래서 회사를 다니며 출산과 육아를 해내는 워킹맘이 되기로 결정했습니다.

누리 씨는 출산 3주 전까지 매일 만원 지하철과 버스에 오르며 출퇴근했습니다. 임신 중에 사회생활을 하면서 가장 힘든 부분이 있었다면, 그것은 의외로 직장 내에서 근무 중에 생기는 일이 아니라 출퇴근길의 버스와 지하철에서 일어나는 일들이었죠. 임신 초기에는 숨도 쉴 수 없이 승객을 가득 채우고 달리는 출근길 지하철에서 갑자기 빈혈이 심해져 쓰러진 적도 있었습니다. 사람이 가득한 지하철에서는 임산부라고 특별히 표시를 낼 수도 없는 상황이었기에 사람들에게 밀리고 부대껴도 그저 견딜 수밖에 없었습니다. 다행히 주변 시민들의 도움으로 정신을 차리고 일단 역에 내려 플랫폼에 앉아 쉴 수 있었는데 그렇게 앉아 있자니 하염없이 눈물이 흘렀습니다. 아기가 잘못되면 어쩌나 하는 공포감도 밀려왔고 이렇게까지 사회생활을 해야 하나 싶은 자괴감도 들었습니다. 그래도 일단 몸을 추스르고 조퇴를 하더라도 회사에 가서 사정을 말해야겠다는 생각에 출근했습니다. 정시 출근을 어기지 않던 누리 씨가 평소와 다르게 지각을 하자 내심 걱정하고 있던 동료들은 살뜰히 챙겨 주었죠. 사람들의 따뜻함을 느꼈습니다. 하지만 이내 사람들의 무서움 또한 느끼게 되었습니다. 걱정과 배려 뒤에서 이런 말들이 들려왔기 때문입니다. 이래서 임신하면 회사를 바로 그만둬야 한다고, 주변 사람들이 신경 쓰게 만든다고 하면서 '임신을 하면 회사를 다니기 어렵다.'는 전제 아래에 뱉어내는 무심한 말들이 돌고 돌아 누리 씨의 귀에 들려 온 순간 섭섭하고 당황스러운 기분이 들었습니다.

누리 씨가 출퇴근 지하철에서 눈물을 훔쳐야 했던 것은 비단 빈혈로 쓰러졌던 날 뿐은 아니있습니다. 임산부도 앉을 수 있는 권리가 엄연히 있는 노약자석에 앉아 있으면 어르신들에게 가장 많이 듣는 말이 "옛날에는~"으로 시작하는 이상한 도시 전설이었습니다. 이런 말이죠.

"옛날에는 밭에서 일하다가도 애를 낳고 바로 일도 하고 그랬어."

도시 전설, 아니 농촌 전설 같은 이 이야기는 만원 지하철과 버스를 타고 다니는 동안 가장 많이 들은 말입니다.

어느 날은 퇴근길에 녹초가 되어 노약자석에 앉아 졸고 있었습니다. 임신 후 나타난 체형 변화 때문에 온몸의 통증이 심하던 차였습니다. 그런데 자꾸만 발이 무언가에 부딪히는 느낌이 들어 눈을 떴습니다. 누가 실수로 부딪히는 건가 싶어 대수롭지 않게 여긴 채 졸고 있었는데 점점 강도가 심해지며 동시에 한 할아버지의 앓는 소리가 들려왔습니다. 이제는 자신의 발에 닿는 정도가 폭력으로까지 느껴지기 시작했습니다. 평소라면 모르는 이들에게 쉽사리 큰소리 낼 줄 모르는 누리 씨였지만 아이를 가진 임산부라면 이야기가 달랐습니다. 아이에게 해가 될 수도 있다는 생각과 육체에 쌓인 피로감이 더해져 항의의 의미를 담아 할아버지를 똑바로 쳐다보았습니다. 그랬더니 할아버지는 더욱 들으라는 식으로 앓는 소리를 내기 시작하셨습니다. 그래서 누리 씨는 배를 잡고 임산부라는 신호를 보내며

"제가 임산부라 몸이 좀 힘들어서 앉아 있었는데 너무 힘드시면 양보해 드릴까요?"라고 애써 친절하게 물었습니다. 그러자 돌아온 대답은 "그렇게 양보할 수 있으면서 '쳐' 앉아 있냐?"는 것이었습니다.

"아이를 안고 달래다가 이런 생각이 들 때가 있었어요. 가고 싶은 곳에 언제든

가던 그런 시절은 이제 추억이 되었구나. 결혼이라는 것은 아예 다른 차원의 세

계로 넘어 오는 것이구나."

그 말을 듣는 순간 왈칵 눈물이 쏟아질 것 같았습니다. 하지만 애써 눈물을 참으며 창문에 붙은 노약자석 안내 스티커를 가리켰죠. 그리고 여기는 임산부도 엄연히 앉을 수 있는 자리이니 말 함부로 하지 말아 달라고 했습니다. 그러자 기다렸다는 듯이 '옛날에는~'으로 시작되는 그 타령이 시작되었습니다. 그 모습에 누리 씨 옆에 앉아 있던 아주머니가 중재에 나서시며 할아버지에게 대신 자리를 양보하셨지만, 이미 기분이 상할 대로 상한 누리 씨는 그런 할아버지 옆에 앉아 있다는 것 자체도 싫었습니다. 더욱이 할아버지의 몸에서 확 풍겨져 나온 담배 냄새도 견디기가 힘들어 자리에서 일어났습니다. 아직 내릴 정거장이 되지 않았지만 일단 이 상황을 벗어나고 싶었습니다. 그런데 지하철 문 앞에 서서 내리기를 기다리는 누리 씨에게 할아버지의 비아냥거리는 목소리가 들려왔습니다.

"죽어도 앉아 있을 것 같이 하더니 발딱발딱 잘도 일어나네."

누리 씨도 더 이상 참을 수 없어서

"할아버지는 임신한 딸도 며느리도 없으세요? 어쩜 이

러세요?" 그랬더니, "임신했다고 대접받고 싶으면 배를 더 내밀고 다녀."라는 고함이 돌아왔습니다.

또 한 번 누리 씨는 지하철 플랫폼에 앉아 한참을 울었습니다. 대한민국에서 임산부로 산다는 것이 이렇게 서러운 것인지 직접 겪기 전에는 전혀 알지 못했습니다. 임산부라고 특별한 대우를 원한 것도 아니고, 당연한 권리라고 생각했던 노약자석에 앉은 것뿐인데 이토록 황당한 경우를 겪어야 하나 싶어 서러웠습니다. 하지만 이후로 임신 기간 내내 노약자임에도 노약자석에 앉을 수 없는 상황은 빈번하게 일어났습니다. 출퇴근길의 대중교통이 힘든 것은 그 안이 너무 붐비는 탓도 있었지만 그보다 더 힘든 것은 노약자석에 앉아 있는 것을 용납하지 않는 사람들이었습니다.

사실 직장 생활 또한 임신을 했다고 해서 갑자기 편해지거나 배려 받기를 원했던 것은 아니었지만, 그렇다고 현실적인 도움을 받을 수 있는 것도 아니었습니다. 가끔 가다가 남자 직원들이 "누리 씨 앞에서는 아이가 들을 지도 모르니 욕하지 말아야지."하는 정도랄까요? 오히려 모든 업무를 할 때 스스로 아이에게 해가 되지 않을까 염려하는 데서 오는 개인적 스트레스가 한층 높아졌습니다. 스트레스를 안 받으려고 하는 것에서 오는 스트레스였습니다. 외식으로 끼니를 해결해야 하는데 가리는 음식도 많아지게 되고, 책상 앞에 너무 오래 앉아 있다 보면 아이에게 나쁠까 걱정이 되고, 오가는 지하철에서 너무 부대껴서 아이도 피곤하진 않을까 하는 염려 때문에 늘 민감해질 수밖에 없었습니다.

그럴 때마다 누리 씨는 직장을 다니지 않고 태교에 집중할 수 있는 여성들이 참 부러웠습니다. 태교를 위한 각종 수업을 들으면서 아이에게 온전히 시간을 투자하는 다른 엄마들의 모습을 보면 누리 씨도 아이에게 더 많은 것을 해 주고 싶지만 해 줄 수 없는 현실이 미안하고 슬퍼졌습니다. 하지만 임산부를 위한 강좌들은 하나같이 근무시간과는 병행하기가 어려웠습니다. 대부분 강의시간이 평일 낮이거나, 저녁 시간이라고 해도 퇴근을 하고 갈 수 있을 정도로 여유가 있진 않았기 때문입니다. 결국 누리 씨가 할 수 있는 태교라고는 자기 전에 남편과 함께 태교 책을 읽는 것과 샤워를 하는 동안 배를 어루만지며 노래를 불러 주는 정도였습니다.

　　그래서 늘 더 좋은 태교를 해 주지 못한 것이 아이에게 미안했지만, 그런 걱정과는 달리 예쁜 딸아이는 건강하게 세상에 나와 주었습니다. 애초에는 6개월의 육아 휴직을 계획했던 누리 씨였지만, 아이를 키우다 보니 휴직은 1년으로 길어지게 되었습니다. 그런데 이는 누리 씨의 회사에서 굉장히 새로운 사건이었습니다. 나라에서 정해진 육아 휴직 기간은 1년 3개월이었지만 다수의 여직원들은 출산과 육아를 합쳐 3개월 정도의 휴직을 했습니다. 암묵적으로 최소한의 시간만을 쉰 채 다시 복귀하는 것이었습니다. 1년 동안 육아 휴직을 사용한 경우는 누리 씨가 창립 이래 처음이었죠.

　　아이가 태어나자 누리 씨 부부의 생활은 또 한 번 커다란 변화를 맞이했습니다. 누리 씨는 말할 것도 없고, 남편 역시 정해진 출퇴근 시간 외에는 대부분의 시간을 가족과 보내게 되었습니다. 그런데 사람 만나는 것을 워낙 좋아하고 사회생활에 적극적이었던 누리 씨로서는 이렇게 집 안에서 갓난아이와 둘만 있어야 하는 시간들이 쉽지 않았습니다. 육아의 과정에서 맞게 되는 모든 순간이 전부 경험한 적 없는 것들이기에 육체적으로도 어려움이 많았지만 그보다 외롭고 사람이 그리운 심정적인 어려움들이 더욱 컸습니다. 아이가 어리다 보니 외출은커녕 사람들을 집으로 초대하기도 어렵고 대부분 미혼인 친구들은 자신의 생활에 눈코 뜰 새 없이 바빴습니다. 나름 친구가 많다고 생각했는데 정작 연락할 만한 친구가 한 명도 없었습니다. 가끔 퇴근해서 돌아온 남편이 자신이 아이를 봐 준다며 한두 시간 정도 근처 카페라도 다녀오라고 배려해 줄 때도 있었지만, 나가려고만 하면 유독 울음을 그치지 않는 아이의 모습에 일단 어린 생명부터 챙기자는 마음으로 발길을 돌린 적도 여러 번입니다.

"아이를 안고 달래다가 이런 생각이 들 때가 있었어요. 가고 싶은 곳에 언제든 가던 그런 시절은 이제 추억이 되었구나. 결혼이라는 것은 아예 다른 차원의 세계로 넘어 오는 것이구나."

이런 생각을 절실히 체감하게 되었습니다.

아이와 둘만 있는 시간이 많다 보니 대화를 나눌 상대

가 없었습니다. 대화라는 것은 서로 말을 주고받아야 하는데 아이에게는 일방적인 대화만이 가능했습니다. 마치 모노드라마를 하듯이 말이죠. 밤에 아이를 재워놓고 혼자 텔레비전을 보다가 화면 속의 사람들에게 질문을 던지는 자신을 발견하기도 했는데, 그때는 갑자기 너무 외롭고 서러워서 울기도 했습니다.

아이를 키우며 회사를 그만둘까 하는 생각을 안 해 본 것은 아닙니다. 돈을 얼마나 벌자고 내 아이를 두고 밖으로 나가나 싶은 생각도 많이 들었습니다. 하지만 그럼에도 불구하고 사회생활을 포기하지 않았던 것은 나름대로 지금의 회사에 다니기까지 수많은 투자의 시간이 있었기 때문입니다. 그 모든 것을 하루아침에 놓아 버린 채 사회에서 고립되고 싶지 않았고, 경제적으로도 남편에게 일방적인 부담을 주고 싶지 않기도 했지만, 무엇보다 딸아이가 자신을 보고 여성상을 닮게 된다는 것에도 책임감을 느꼈습니다. 딸아이가 자라 엄마를 보았을 때 엄마의 역할은 집에서 가족들 뒷바라지하고 아버지가 벌어온 돈으로 살림하는 것이 자연스럽다고 생각하게 되는 것은 원치 않았습니다.

한번은 아이에게 무언가 사올 때마다 "아빠가 사준 거야."라고 말하는 남편의 모습에 그런 말을 하지 말아 달라고 부탁한 적이 있습니다. 남편이 별 뜻 없이 한 말인 것은 알지만 어쩐지 자존심이 상했기 때문입니다. 육아로 사회생활을 못하던 시기에 개인적으로 위축되어 있는 탓도 있었지만, 무엇보다 아무리 말귀를 못 알아듣는 어린아이라고 해도 은연중에 엄마는 내 옆에 있는 좋은 사람이지만 내가 필요한 것을 사주는 사람은 아빠라는 인식을 갖게 되는 것이 싫었습니다. 그래서 남편에게 무엇이든 엄마 아빠가 같이 사주는 것이라고 말해 주길 부탁했습니다.

올해 봄부터 누리 씨는 친정 부모님과 함께 살게 되었습니다. 본래 부모님은 두 살림을 합치지 말고 근처에 살 것을 제안하셨습니다. 생활 자체를 함께하다 보면 서로의 개인적인 생활이 없어져 갈등이 생길 수도 있음을 걱정하신 것입니다. 게다가 이제 막 자식들을 시집 장가보내고 인생의 휴식을 맞이할 준비를 하시던 부모님으로서는 쉽지 않은 결정이셨습니다. 누리 씨 역시 살림을 합친 후 부모님께 지워

질 생활의 짐이 뻔히 보여 마음이 무거웠습니다. 하지만 직장에 복귀해야 하는 등의 이런저런 현실적 여건과 부모님의 배려 섞인 결단 덕분에 함께 살게 되었고 주말을 제외한 평일의 육아 대부분은 친정 부모님의 도움을 받게 되었습니다.

가족 안에서는 남편과 부모님도 격의 없이 지내고 있고 육아에 대한 경제적인 보상도 철저하게 해 드리려고 하지만, 감사한 마음에 비하면 턱없이 부족한 정도라는 생각에 늘 죄송한 마음이 앞섭니다. 다행히 육아에 관련된 모든 결정권에 크게 간섭하지 않으시는 데다 육아 철학 자체도 거의 비슷하기 때문에 흔히 겪는 아이 키우는 방법에 대한 의견 차이는 없습니다.

하지만 누군가는 이런 선택이 이기적인 것이 아니냐며 비난하기도 합니다. 물론 누리 씨도 부모님 노년의 휴식을 빼앗는 것은 아닌가 싶은 점이 늘 마음에 걸리는 것도 사실이지만, 죄송스러운 마음과 더불어 한편으로는 그 때문에 스스로 더 큰 부담을 느낍니다. 부담을 주는 것에 대한 부담이 있는 것입니다. 직접 아이를 키우다 보니 그간은 부모님이 나를 보호해 주어야 하는 역할로만 보였다면, 이젠 내가 부모님을 보호해야겠다는 책임감이 생겨났기에 더욱 그런 부담감이 자라나는지도 모르겠습니다.

게다가 둘째가 태어난다면 이렇게 부모님의 도움으로 육아와 회사 일을 병행하는 것마저 불가능해질 것 같습니다. 친정어머니도 두 명의 아기를 감당하는 것은 무리라고 하시기도 했고, 누리 씨 역시 둘째를 가지게 된다면 회사를 그만둬야 할 각오를 하고 있습니다. 그래서 가능한 빨리 둘째를 가지고 싶다는 생각을 하다가도, 동시에 걱정되고 막막한 마음이 자라납니다. 둘째가 생기면 더 이상 사회생활과의 병행은 불가능하겠다는 것도 어렴풋이나마 마음의 준비를 하고 있긴 하지만, 둘째를 원하는 마음만큼 둘째가 생기면 포기해야 하는 것들에 대한 아쉬움도 큽니다. 아이 한 명을 낳고 나 자신을 20% 정도 포기했다면, 아이가 둘이 되면 80% 정도 될 것 같다는 압박감이 느껴집니다.

수유하던 무렵에 유선염이 너무 심하게 걸려 아무리 연한 아기 혓바닥이 스치기만 해도 칼로 도려내는 듯한 고통이 느껴질 때가 있었습니다. 그 순간에는 정말 아무리 나의 귀한 아이라도 내려놓고 싶기만 했습니다. 누리 씨는 엄마이기 이전에 그저 한 여자이고 사람이기 때문이죠.

'나'라는 한 사람으로서의 인생만 보면 결혼은 손해 보는 일들이 참 많습니다. 하지만 그럼에도 불구하고 결혼은 잘했다고 생각합니다. 그것은 가족을 만들고 함께하는 일상이 의미 있다고 생각하기 때문입니다. 혼자가 아니라는 것이 큰 만족을 주고, 삶을 나누는 남편과 아이의 존재만이 채울 수 있는 부분이 있습니다. 가족이라는 울타리로 묶인 사람들과의 결속, 소속감이 주는 행복감이 있습니다. 누리 씨에게 결혼 상대를 고를 때 어떤 사람을 만나는 것이 좋겠냐고 묻자 이런 답이 돌아옵니다.

"나에게 모든 것을 맞춰 주는 헌신적인 남자보다는 자기 의견을 확실히 가진 남자가 나은 것 같아요. 연애할 때와는 반대일 수도 있죠. 연애할 때는 일단 나를 기준으로 나의 모든 편의를 위해 자신을 헌신해 주는 남자가 매력적으로 보이기도 하지만, 결혼 상대는 단순히 나의 파트너인 것을 넘어 한 가정을 꾸려 갈 책임자일 수도 있어야 한다고 생각해요. 자신의 삶과 가치에 자신감 있게 뜻을 밀고 나갈 수 있는 추진력이 있고, 미래의 계획도 구체적으로 세워 둔 남자여야 한다고 생각해요. 단순히 좋은 남편이 되고, 아빠가 되겠다는 그런 막연한 꿈 말고 몇 년 안에 얼마만큼 저축을 할지, 월급은 어떻게 사용할지 등의 현실적인 목표들이 구체적으로 서 있는 것이죠. 살다 보면 어떻게 되겠지, 일단 오늘만 즐거우면 되었지 하는 가치관이 부부간에 통한다면 괜찮겠지만 저와 남편은 그렇지가 않거든요. 사랑도 중요하지만 사랑하는 마음을 가지고 어떤 식으로 생활을 발전시켜 나갈지가 중요한 것이 결혼이라고 생각해요"

누리 씨에게 한 결혼 선배는 이런 말을 한 적이 있습니다. 결혼은 지옥 문턱에 서는 것이고, 출산과 육아는 그 문턱을 넘어 지옥으로 들어가는 것이라고 말이죠. 하지만 누리 씨는 결혼이란 계단을 오르는 일이라고 생각합니다. 그 계단 끝이 어디로 이어져 있을지는 사실 모르겠습니다. 하지만 결혼을 하며 한 계단 올라서고 출산과 육아를 통해 또 한 계단 올라서며 스스로 한 단계 높은 곳에서 더 멀리 세상을 보게 된 것만은 분명합니다.

　결혼으로 인한 스트레스도 분명 존재합니다. 하지만 그 스트레스가 꼭 부정적으로만 느껴지지는 않습니다. 결혼이란 과정을 통해 새로운 가정을 만들어 낸다는 것은 삶에 대한 책임감을 느끼게 하고 인간으로서의 성숙함을 깊게 해 주는, 살면서 만나는 몇 안 되는 기회라고 생각합니다.

　그렇기에 결혼은 제 뜻대로 살았던 젊은 시절을 마무리하고, 자제력을 기르는 일이라는 생각도 듭니다. 개인의 즐거움에 집중하며 '내 것'에 집중했던 시기를 넘어 '우리 것'을 위해 '내 것'을 자제하기 시작하는 순간입니다. 그렇기에 나의 인생이 갇혀 먹히고 있다는 생각이 들 때도 물론 있습니다. 엄마나 아내, 며느리가 아니라 박누리 개인의 존재는 점점 희미해지는 듯해 서운해지는 순간도 분명 있습니다. 하지만 누리 씨는 이런 서운함을 감수하는 대신 가족과 함께 나이 드는 즐거움, 친구나 지인들로는 채워질수 없는 마음의 한구석을 위로받는 기분을 택했습니다. 그것이 결혼 전의 즐거움보다 절대적으로 우세하지는 않습니다. 삶에서 하게 되는 선택들 중 많은 경우는 어느 한쪽이 100,

다른 한쪽이 0으로 기울어지는 명백한 호불호로 이루어지는 것이 아닙니다. 49:51 정도의 미세한 우세, 선택하는 쪽의 무게는 선택하지 않는 쪽에 비해 아주 조금 더 무거울 뿐이죠. '나'라는 개인의 즐거움과 결혼 후의 관계 안에서의 즐거움은 어느 한쪽에 극단적으로 치우치지 않고 둘 다 소중하기에 계속 부딪히지만, 그 중에서 조금이라도 더 무게가 가는 곳이 가족이었기에 이를 택하고 그 안에 충실하는 것입니다.

가족이 늘 답이고, 어머니는 다 괜찮다는 것은 판타지입니다. 아이가 아무리 예뻐도 아이를 보는 눈의 즐거움이 몸에 쌓인 피로를 잊게 하진 못하니까요. 아이의 웃음을 보며 정화되는 것은 기분이지 등에 느껴지는 등 결림은 아니죠. 아이와 가족이 모든 감정의 고락을 초월하게 할 만큼 절대적인 것은 아닙니다. 아무리 세상 사람들이 모성은 무조건 위대하다고 강요하거나, 가족의 가치는 변해서는 안 된다고 확신에 찬 말들을 한다고 해도 말이죠. 다만 결혼한 일상에서 마주하는 순간의 행복들 덕분에 연속적인 인생의 고단함을 잠시나마 까먹기도 하고 위로받기도 할 뿐입

니다. 나라는 사람과 나라는 사람에게 주어진 역할들 사이에
서의 고민은 지치지도 않고 계속되고 있습니다. 그렇게 흔
들리고 고민하면서 어머니가 되고, 아내가 되는 것이
겠죠.

우리가 결혼한 이유

결혼 5년 만에 첫 아이를 얻게 된 육아 초보 부부와의 소탈한 수다

아이가 결혼의 목적은 아니에요. 다만 두 사람이 힘께 하는 과정에서 만나게 되는 엄청나게 가치 있는 선물 같은 것이죠.

영란 씨는 은행원으로 사회생활을 갓 시작한 사회 초년
생이던 무렵에 지금의 남편 상근 씨를 만났습니다. 일하던
은행이 시장 안에 위치했던지라 상인 분들이 주요 고객이었
던 영란 씨에게, 어느 날 공군 제복을 갖춰 입고 등장한 상근
씨는 눈에 확 띄는 고객이었죠. 게다가 상근 씨는 영란 씨의
담당 창구에서 업무를 처리하게 되었는데, 일을 마치고 돌아
가기 전에 친절하게 대해줘서 고맙다며 영란 씨의 명함을 한
장 달라고 했습니다. 결국 이 명함 한 장은 두 사람을 부부의
연까지 맺게 하는 결정적인 시작점이 되었습니다.

　나중에서야 들은 이야기지만 당시 상근 씨는 개인적으
로 힘든 상황이었다고 합니다. 그러던 중에 만나게 된 다정
한 영란 씨가 유독 잊히지 않아 다시 연락을 할 수밖에 없었
다고 했죠. 그야말로 인연이었다고 밖에는 설명할 수 없는
두 사람은 그 이후로 1년 정도의 연애 기간을 거친 후 결혼
에 이르게 되었습니다. 그때 영란 씨의 나이는 스물여섯, 친
구들에 비하면 조금 빠른 감이 있는 결혼이었지만 그렇다고

좋은 상대를 만난 상태에서 결혼을 미룰 이유는 없었습니다.

또한 직업 군인이었던 남편 덕택에 관사에서 생활할 수 있어서, 집을 구해야 하는 큰 고민에서 벗어날 수 있었다는 것도 좀 더 빠르게 결혼을 결정했던 큰 이유였습니다.

영란 씨 부부는 결혼 후에 아이는 당연히 갖는 것으로 생각하고는 있었지만 신혼 무렵에는 둘만의 시간을 좀 더 즐기고 싶어 서두르진 않았습니다. 그런데 결혼 5년 차가 되어도 좀처럼 자연 임신이 되지 않았습니다. 3년 차 정도까지는 아이에 대한 조급함이 없었는데 그 이상의 시간이 흐르자 영란 씨는 조금씩 불안해지기 시작했습니다. 주변에서 특별히 압박하는 사람이 없어도 스스로 의기소침해져 버렸습니다. 그리고 자꾸만 자신을 탓하게 되었습니다. 생리 양이 많아야 자궁이 튼튼한 것이라는데 이번 달에 양이 줄어들면 혹시 이 것 때문에 임신이 되지 않는 건가 싶고, 손발이 차면 이렇게 혈액순환이 잘 안 돼서 임신이 잘 되지 않는 건가 싶고, 자신의 모든 상황을 임신과 연결해서 생각하고 자신을 탓하며 위축되곤 했습니다. 상근 씨가 아무리 괜찮다고 말해도 영란 씨의 마음을 완전히 위로하기는 어려웠습니다.

그때 상근 씨가 곧 청주로 전근을 갈 예정이 잡혔습니다. 서울에서 직장을 다니던 영란 씨는 직장을 그만두지 않는 한은 남편과 주말 부부로 지내야 하는 상황이었기에, 임신을 한 후 육아 휴직을 얻어 남편과 함께 내려가길 바랐습니다. 이는 오래전부터 두 사람이 계획해 온 것이었는데 임신이 되지 않으면 현실화시키기 어려웠습니다. 더 이상은 막연히 임신을 기다리기보다는 적극적으로 시술을 받기로 마음먹었습니다.

다행히 산부인과에서는 당사자가 원한다면 인공적인 시술을 통한 임신을 쉽게 시도할 수 있는 분위기였습니다. 요즘은 꼭 천성적인 불임이나 오랜 시간 아이를 못 가진 부부가 아니더라도 시술을 하는 경우가 많은 듯했습니다. 시험관 아기라고 하면 경험해 보지 않은 이들에게는 어쩐지 엄청난 것처럼 느껴지기도 하지만, 막상 이것은 심각한 불임 부부가 아니더라도 주변의 많은 부부가 시도하고 있는 방법이었습니다. 그렇다고 해서 무작정 쉬운 길이라고는 할 수 없지만 생각보다는 이를 통해 아이를 가지는 부부가 많으니 아주 유별난 무엇이라고도 하기 어려운 것이었죠.

병원에서는 일단 인공수정을 시도해보고 그것이 잘 되지 않는 경우에는 시험관 아기를 권하는데 영란 씨는 인공수정이 잘 되지 않았기 때문에 시험관 아기 시술을 받게 되었습니다. 시험관 아기의 시술 과정은 스스로 자신의 배에 시간에 맞춰 매일 주사를 놓아야 합니다. 이것은 크게 고통스럽지 않지만, 배란된 난자를 몸에서 다시 빼내는 수술은 제법 고통스러운 편입니다. 영란 씨는 2회 차 시술에서 성공했기 때문에 비교적 빨리 성공한 편이었습니다만 경우에 따라서는 수차례 시도하는 경우가 많다고 합니다. 물론 2회 차의 시술이었다고 해도 전신 마취, 국소 마취를 한 번씩 해야 할 정도로 쉽지는 않은 과정이었습니다.

또한 한 번 시술을 한 후에는 3개월 이상의 공백을 두어야 했기에 시간도 많이 필요하고, 한 번 시술에 4백만 원 정도의 비용이 필요하기 때문에 경제적으로도 만만치 않은 지출이 됩니다. 다만 소득 수준에 따라 국가의 지원을 일부 받을 수 있기 때문에 영란 씨 부부는 지원금을 받아 시술을 받을 수 있었습니다.

  그렇게 아이를 얻게 된 영란 씨 부부의 생활은 많은 부분이 변화하게 되었습니다. 일단 아이가 태어나자 이런저런 걱정은 당장 떠오르지 않고 예쁜 아이의 얼굴에 반해 오늘 하루, 지금 이 순간에 잘해주어야겠다는 생각만 들었습니다. 아이가 결혼의 목적은 아니었기에 결혼을 한 후 그 목적이 이루어지지 않았다고 특별히 불행하지는 않았던 것 같습니다. 아이가 없던 시기에는 두 사람만의 취미를 즐기며 나름의 즐거운 시간을 보냈으니까요. 하지만 아이라는 선물을 얻게 된 이후에는 또 다른 차원의 행복을 얻게 되었습니다. 이제 개인적인 욕구는 다소 절제해야 하지만 나의 아이라는 것만으로도 느껴지는 모성애와 부성애라는 새로운 감정이 생겨났습니다. 그간 특별히 아이를 좋아하거나 관심을 가진 적이 없는데 나의 아이는 모든 것이 달랐습니다.

  둘만 살던 무렵에는 연애와 결혼의 큰 차이를 느끼지 못했는데, 아이가 생기고 보니 진정한 가족이 되었다는 느낌이 들고 상근 씨 또한 스스로 가장의 책임을 느끼기 시작했습니다. 아이의 부모가 된다는 것은 그저 경제적으로 그 아이를 먹여 살린다는 의미보다 훨씬 깊고 복잡했습니다. 한 사람을 올바르게 키워서 험난한 사회 속으로 내보내야 할 책임을 지게 된다는 것은 엄청나게 커다란 것이기 때문이죠. 철학적인 의미까지 덧붙이면 유한한 자신의 삶이 핏줄을 통해 무한히 이어지게 됨을 의미하는 것으로 느껴지기도 했습니다. 그래서 영란 씨 부부는 '과연 내가 어떻게 하면 좋은 부모가 될 수 있을까?'에 대한 고민을 치열하게 해 나갔습니다. 그런 면에서 다소 시간이 걸려 아이를 갖게 된 것은 두 사람에게 이득이 되었다고 생각합니다. 5년이라는 시긴 동안, 아이를 만나면 어떤 부모가 되고 어떻게 길러낼 것인지 마음의 준비를 할 수 있는 여유가 있었기 때문입니다. 사실 기다림의 순간에는 미처 깨닫지 못했는데 아이를 얻고 돌아보니 새로운 생명을 키울 준비를 충분히 할 수 있도록 주어졌던 시간에 감사하게 됩니다.

결혼을
묻다

아이를 키운다는 것은 밥 한 끼를 제대로 먹을 틈도 나지 않는 힘겨운 노동이기도 합니다. 1년여의 육아 휴직을 마치고 회사에 복귀한 영란 씨는 결국 지방에 계신 시부모님께 도움을 요청해서 서울에 올라와 함께 지내게 되었습니다. 이제 갓 돌을 지난 아이를 키워 나가기 위해서는 앞으로 넘어야 할 과정들이 많지만, 그보다는 만나게 될 즐거움이 많을 것이라 기대가 됩니다.

영란 씨 부부는 출산에서 '아이가 태어난다.'는 본질보다 그 앞과 뒤의 사정에 대한 부정적인 견해들이 더 부각되는 요즘의 풍토가 아쉽다고 말합니다. 부모가 되는 일이 고통스럽고 힘든 부분이 있는 것은 분명 사실이지만 그것은 '감내할 만한 것'이기 때문입니다. 영란 씨가 직접 체험한 출산과 출산 후의 모습은 남들에게 들어오던 것과는 조금 달랐습니다. 초산은 힘들다고 해서 무통 주사를 맞을 생각도 했지만, 남편은 아무리 그래도 아이에게 영향이 갈 수 있다는 견해를 듣고 무통 주사는 맞지 말고 꾸준한 운동을 하자며 영란 씨를 설득했습니다. 출산의 고통에 두려움을 갖고 있었던 영란 씨는 그 순간에는 남편에게 섭섭함을 느끼기도 했지만, 출산 한 달 전부터 남편과 함께 운동하고 출산 관련 수업도 많이 들으면서 준비했습니다. 마침내 진통이 왔을 때 진통 간격을 잘 체크하고 현명하게 대처한 결과 병원에 간지 한 시간 반 만에 순산했습니다. 초산은 보통 열 시간은 넘게 진통을 겪어야 한다는 조언에 비하면 빠르고 건강한 출산이었습니다. 그리고 주변에서는 대개 산후 우울증을 겪었다는 말을 듣고 나에게도 우울함이 찾아오진 않을까 염려했지만 막상 출산 후 1년여의 육아 기간을 영란 씨는 덤덤하고 긍정적으로 보냈습니다.

이런 영란 씨의 결혼 이야기를 들으며 결혼의 순간, 출산의 순간 그 순간들에 느끼는 감정들을 생각해 보게 됩니다. 누군가는 그것을 아주 어려운 관문처럼 느끼며 온갖 상념에 젖기도 하고, 누군가는 덤덤하게 넘어가기도 합니다. 출산 후에 나의 존재는 사라진 것 같아 슬퍼지기도 하고, 누군가는 그런 감정을 느낄 틈도 없이 시간이 흐르기도 합니다. 사람은 제각각이고 어떤 것도 정답이라고 할 순 없겠죠. 그렇기에 모두에게 통용되는 결혼의 과정은 없음을 다시 한 번 실감합니다. 결혼이나 출산이 자신 앞에 놓이지 않는 한 섣불리 어떤 결론을 낼 순 없다고 영란 씨는 생각합니다. 결혼을 하겠다 안 하겠다, 혹은 아이를 낳겠다 낳지 않겠다는 것은 좋아하는 사람이 눈앞에 나타나면 자연스레 변화하는 문제라고 생각하기 때문입니다.

언젠가 결혼은 사랑을 매개로 한 잔치이고 아이는 그 잔치에 잠시 들르는 손님이라고 쓰인 글을 읽은 적이 있습니다. 신경 써서 준비한 잔치에 찾아 주는 손님이 있다면 한결 흥이 오르고 즐거움이 더욱 커지는 것은 당연하겠지만, 어디까지나 잔치를 유지하는 힘은 손님이 아닌 잔치를 연 사람들의 몫일 테죠.

아이가 생기기 전과 후의 부부의 삶이 커다란 변화를 겪게 되는 것은 부정할 수 없는 사실인 것 같습니다. 하지만 그 변화의 물결 속에서도 흔들리지 않는 축이라는 것은 있겠죠. 애초에 결혼은 다른 누구와도 아닌 두 사람이 한 것이라는 점은, 가장 기본적이고 중요한 결혼의 이유이니까요.

치과 의사로 일하는 선배 언니가 있습니다. 그녀는 대한민국에서 가장 좋은 대학을 졸업했고 건실한 직장에 다니며, 착실히 모아온 적금도 가지고 있습니다. 어디 나가면 종종 예쁘다는 소리를 들을 정도의 외모도 갖추고 있으니 그야말로 빠지는 구석이 없는 엄친딸이죠. 언니는 몇 번의 연애와 실연을 반복하는 동안 삼십 대 중반이 되었고 현재는 마지막으로 연애한 지 꽤 오래된 당당한 싱글로 살아가고 있습니다. 혼자서도 아쉬운 것이 없으니 결혼은 해도 그만 안 해도 그만이라고 말해왔지만, 내심 남들 다 하는 결혼에 어떤 부채의식 같은 것을 가지고 있었던 언니는 큰맘 먹고 결혼 정보 회사에 등록해 보기로 했습니다. 조건에 따라 등급을 매긴다는 소문도 많이 들었지만 내심 자신감이 있었습니다. 나이가 좀 있긴 하지만 그 외에는 딱히 빠지는 것 없겠다 싶은 믿음이 있었죠. 하지만 상담을 마치고 돌아온 언니는 영 심란하기만 했습니다.

"난 150만 원 더 내야 한대."

너무 좋은 대학을 나오고 너무 좋은 직장을 가진 그리고 너무 많은 나이의 언니는 남자들이 부담스러워 하는 군이었기 때문에 회비를 좀 더 내야 한다는 이야기를 듣고 돌아왔다고 합니다.

"내가 남자였다면 다르지 않았을까? 꽤 괜찮은 조건이었지 않을까?"

언니가 씁쓸한 표정으로 말합니다. 그녀가 한 명의 사회인으로 성장해 온 동안 한 명의 여자, 혹은 배우자로서의 존재감은 150만 원 정도 무겁고 부담스러워졌는지도 모르겠습니다.

얼마 전에 한 남자에게서 "키가 크시고 하니까 기가 세 보이시네요."라는 말을 들었습니다. 그리고 그 남자는 "개를 무서워하신다니 어릴 적 '트리오마' 같은 것이 있으신가 봐요."라는 말도 던졌습니다. '트리오마'가 아니라 '트라우마'라고 바로 딴죽을 걸고 싶었지만 기센 여자라고 생각하며 겁먹을까 봐 그만두었습니다. 결혼의 조건을 생각하다 보면 이상한 나라의 앨리스에 나오던 여왕이 된 기분이 들 때가 있습니다. 자신이 가지고 있는 침대에 상대를 눕혀 보고 그보다 키가 크면 다리를 자르고, 그보다 작으면 몸을 당겨 늘리며 모두 같은 침대만큼의 키로 맞추려 했던 그 여왕처럼, 사람들이 좋아하는 기준에 내가 가진 것들을 맞추려 하고 있는 자신을 보게 될 때가 있습니다. 나를 늘리거나 줄여서 내보이며 있는 그대로의 나를 어떻게 보여줄까보다 나를 어떻게 숨길까를 생각하게 될 때가 많기도 합니다. 내가 가진 것들은 상대가 부담스러워할까 봐, 내가 없는 것들은 상대가 원하진 않을까 걱정이 됩니다. 아무래도 있는 그대로의 나로는 사랑받지 못할까 봐 위축되어 그런가 봅니다.

어쩌면 저는 결혼을 생각할 때 태양 같은 상대를 만나 달처럼 살기를 원하고 있는 것 같습니다. 스스로 빛을 내기보다는 빛나는 상대를 만나 그 빛을 받아 자신도 빛나게 되기를 소망하며 상대에게 모든 주도권을 넘겨줘야 한다고 전제해 왔는지도 모르겠습니다. 자신에게도, 관계에서도 주인이 되는 것이 겁나고 두려워 상대가 원하는 대로 바꿀 준비만 하고 있으니까요. 내가 원하는 결혼보다는 남이 좋아할 만한 결혼을 꿈꿔온 자신을 이제야 발견하게 되었습니다.

질문 넷. 한 사람과 기나긴
　　　　　평생을
　　　　　함께할 수
　　　　　있을까요?

우리 사이의 연결 고리

미국인 남편 J.J. 강-그래함 씨, 한국인 아내 강현진 씨 부부와의 뜨거운 수다

부부 사이에는 서로 사랑하는 마음뿐 아니라 삶의 목
표를 함께 공유할 수 있는가도 매우 중요한 부분이라고 생
각해요. 개인적인 삶뿐이 아니라 사회적인 삶까지 함께해
나갈 수 있는 동반자인 셈이죠.

한국인 아내 강현진 씨와 미국인 남편 J. J. 강-그래함 씨는 결혼 8년 차의 부부입니다. 두 사람은 2004년 가을, 미국의 워싱턴 주립대학교 대학원 커뮤니케이션학과 오리엔테이션에서 처음 만나게 되었죠. 당시 현진 씨는 낯선 환경에 갓 적응을 시작한 한국인 유학생이었고, 그래함 씨는 한국에서 1년 정도 영어를 가르치면서 잠깐 한국어를 배운 적이 있는 미국인이었습니다. 한국에 관심이 남달랐던 그래함 씨가 먼저 현진 씨에게 말을 걸어 왔고 그렇게 시작된 인연이 부부의 연으로까지 이어지게 되었죠.

사실 현진 씨는 그래함 씨를 만나기 전까지 결혼을 하고 싶은 생각이 전혀 없었습니다. 아직 이십 대 초반의 어린 나이이기도 했지만 막연하게나마 독신 생활을 꿈꾸기도 했죠. 하지만 그래함 씨를 만나면서 자연스럽게 결혼을 그리게 되고 그에 대해 이야기를 나누게 되었습니다. 만난 지 1년 정도 지났을 무렵 그래함 씨는 농담 반 진담 반으로 "우리가 평생을 함께할 룸메이트가 될 것 같다."는 말을 한 적이 있는데 결국 그 말은 현실이 되었죠.

덧붙여 국제 커플이기 때문에 놓인 현실적인 상황도 결혼을 서두르게 된 이유들 중 하나였습니다. 2년간의 석사 과정을 마친 현진 씨는 학생 비자가 만료되기 전에 미국을 떠나야 했습니다. 서로 터전이 다른 국제 커플이라면 누구나 겪게 되는 이별의 순간이 다가온 거죠. 이런 상황에서 많은 국제 커플들이 장거리 연애로 이어지게 되지만, 두 사람 사이의 물리적인 거리가 심리적 거리까지도 멀어지게 하는 경우가 많습니다. 그래서 결별이나 결혼 중에 한쪽을 선택하려는 고민에 빠지게 되는데, 결혼을 한다면 두 사람 중 한 명이 익숙한 생활 터전과 자신이 그때까지 달려온 목표를 접고 이민을 해야 한다는 전제 조건이 붙게 되죠. 어떤 선택도 쉽지 않은 길입니다. 현진 씨와 그래함 씨 역시 국제커플들의 이런 선택의 기로에서 깊은 고민에 빠지게 되었습니다. 게다가 각자의 일 때문에 결혼을 한다 해도 곧바로 멀리 떨어져 살아야 할 것도 알고 있었죠. 하지만 일단 서로를 놓치지 않고 싶었던 두 사람은 결혼을 결심하게 되었습니다.

두 사람은 일단 그래함 씨가 일하던 대학교 학과 사무

실에서 간단한 혼인 절차를 치르게 되었습니다. 미국의 결혼은 한국과 달리 법원에서 결혼 허가증을 받은 후 자격증을 가진 주례와 증인을 동반해서 서약의 과정을 거치고 주례가 이 모든 과정을 마쳤음을 증빙하는 서류를 다시 법원에 보내면 성립됩니다. 세 명의 친구들이 주례와 증인이 되어 그들만의 소박한 결혼 의식을 치르게 되었죠. 정식 결혼식은 그로부터 한 달 뒤 한국에서 올렸습니다. 캐나다에서 학회 발표가 예정되어 있던 현진 씨는 결혼식 5일 전에야 귀국할 수 있었던 상황이었기에 모든 결혼 준비는 현진 씨 부모님께 부탁드려야 했습니다. 급하게 준비해서 치르는 결혼식이기는 했지만 애초부터 두 사람은 어떤 결혼식을 올릴 것인지는 그다지 중요하지 않았습니다. 어떤 결혼식을 올릴 것인가보다 그 이후에 본격적으로 시작될 둘이 함께하는 삶을 어떻게 할 것인지가 더 중요했죠. 그렇게 첫 연애로부터 딱 666일째였던 2006년 7월의 어느 날, 두 사람은 미국에서 먼 걸음을 달려온 그래함 씨의 가족과 300여 명의 하객을 모시고 두 번째 결혼 서약을 했습니다.

결혼을
묻다

결혼식은 올렸지만, 두 사람이 '우리'가 되어 부부로서의 삶을 시작하기까지는 2년이란 시간이 더 걸렸습니다. 그래함 씨는 미국에서 학업을 이어가야 했고 현진 씨는 한국에서 직장 생활이 내정되어 있었기 때문입니다. 함께 살아가기 위해서 누군가는 자신의 삶의 기로를 뒤바꿀 결정을 내려야만 했는데 그래함 씨가 박사 학위를 받고 교수로 임용된 후, 현진 씨는 힘겹게 이민을 결심했습니다. 새로운 나라에서 완전히 새로운 삶을 시작해야 하는 결정이었지만 '우리'가 되기로 약속한 이상 양보는 불가피하다고 생각했습니다. 결국 현진 씨는 한국에서의 직장 생활 대신 미국에서 한국인을 대상으로 한 온라인 사업을 시작했고 그렇게 뒤늦은 신혼생활을 맛볼 수 있게 되었습니다. 그로부터 2년 반 뒤, 이번에는 그래함 씨가 현진 씨를 위해 한국행을 결심했습니다. 그래함 씨는 한국에 있는 대학교에 지원해서 먼저 교수 임용 결정을 얻어 내었던 것입니다. 결국 두 사람은 결혼한 지 5년째에 접어들던 2011년, 한국에서 또 한 번의 새 출발을 하게 되었습니다.

글로 정리하면 간단한 과정 같아 보이지만 두 번의 이민을 거치면서 두 사람은 모두 서로를 위해 큰 양보와 희생을 했습니다. 현진 씨가 처음에 직장과 가족을 뒤로하고 미국행을 선택했던 것처럼, 그래함 씨도 안정된 직장과 가족, 친구, 좀 더 편하고 익숙한 삶을 뒤에 남기고 한국행을 선택했습니다. 외국에서의 삶이란 마치 어린아이로 돌아간 것처럼 모든 것을 새로 배워야 하는 일상으로 시작됩니다. 낯선 언어, 낯선 문화, 낯선 얼굴들에 둘러싸여 모든 걸 하나씩 배워가는 거죠.

연애하던 시절이나 결혼 초기까지 현진 씨는 그래함 씨가 한국어를 배우기를 기대했고, 그게 갈등을 일으키기도 했습니다. 현진 씨가 영어를 자유롭게 구사할 수 있는 만큼 남편도 한국어를 익혀 주었으면 하고 바랐습니다. 다른 무엇보다 현진 씨의 가족과 좀 더 자유롭게 소통하게 되길 바랐습니다. 하지만 어느 순간부터 현진 씨는 더 이상은 재촉하지 않기로 마음먹게 되었습니다. 남편으로서는 한국이라는 타국에 사는 것만으로도 커다란 희생을 감수한 것인데 언어까지 조급하게 재촉하진 말자 싶어진 것입니다. 섭섭한 부분을 보기보다는 고마운 부분에 감사하기로 했습니다. 물론 기념일이나 본인 생일에도 늘 식당을 직접 예약하고 준비해야 할 때는 살짝 슬퍼지기도 하지만요.

다행히 그래함 씨는 한국 생활에 꽤 만족하고 있습니다. 대학에서 교수로 근무하며 학생들을 가르치는 직장 생활도 즐겁고 한국 사람들도 좋습니다. 현진 씨의 가족과 섬세하게 한국말로 대화를 나눌 수는 없지만 대신 그들이 말할 때 표정 하나, 손짓 하나 놓치지 않고 관심 있게 지켜봅니다. 꼭 언어가 아니라 다양한 몸짓으로도 사람의 마음은 통할 수 있기에 나름의 소통 방법을 발견한 것입니다.

다만 모든 상황이 좋아도 한 가지 마음에 걸리는 것은 미국에 계신 부모님에 대한 부분입니다. 두 사람은 국제결혼을 한 커플로 가끔 언론사의 인터뷰나 방송 출연을 할 때가 있는데 그럴 때마다 국제 커플 사이에 어떤 차이가 있는지만 주목받곤 합니다. 문화 차이 때문에 생기는 어려움이나 외국인 남편이 받아들이기 힘들어하는 한국 음식 같이 일반적으로 생각하기에 문제를 발생시킬 만한 소지가 있는 구석에만 관심을 갖죠. 하지만 실제 생활에서 서로 의사소통이 가능하고 연애를 통해 결혼에 이른 국제결혼 부부가 문화 차이 때문에 어려움을 겪는 일은 많지 않습니다. 알고 보면 의사소통 방식이 조금 다를지는 몰라도, 바탕에 깔린 근본 마음은 별반 다르지 않기 때문입니다. 오히려 가장 힘든 부분은 가족을 자주 볼 수 없다는 점입니다. 한 번씩 미국의 부모님을 만날 때마다 부쩍 늙으신 모습에 마음이 무거워집니다. 가족 행사에도 잘 참여할 수 없고 만약 갑작스러운 사고나 사건이 생긴다 해도 바로 달려갈 수 없다는 점이 안타깝습니다. 하나의 구체적인 사건이 아니라 일상에 스며든 가족에 대한 그리움이 가장 큰 어려움이 되는 것입니다.

그래서 부부가 가지고 있는 꿈이 하나 있다면 남편의 방학 기간인 4개월 동안은 미국에서, 나머지 8개월은 한국에서 지내는 것입니다. 하지만 그렇게 되기 위해서는 경제적인 측면에서 앞으로 해야 할 일이 많을 것 같습니다.

결혼을
묻다

한국에서는 서양인인 그래함 씨가 신기해서, 미국에서는 동양인인 현진 씨가 신기해서 바라보는 주변의 시선이 꽤 많습니다. 하지만 부부는 이런 시선에 스트레스받기보다는 즐기기로 했습니다. '우리가 동물원 원숭이라도 되나?' '왜 사람들은 늘 편견으로 우릴 쳐다보지?'라고 생각하는 대신, 우리가 특별하기 때문에 관심을 받는 거라고 받아들이는 거죠. 국제 커플을 부정적으로 보는 사람들도 있지만 남들의 시선이나 관심에 지나치게 민감할 필요는 없기 때문입니다. 인종이 다른 커플은 어딜 가나 눈에 띄기 마련이고 관심이나 호기심은 지극히 자연스러운 일이니까요. 열린 마음으로 그런 관심을 받아들이면 오히려 그로부터 시작해 좋은 인연으로 이어지는 관계들이 훨씬 많아지게 되기도 합니다.

두 사람은 서로를 만나고 그 사람이 속한 문화권을 받아들이며 각자의 세계관을 넓히게 되었습니다. 현진 씨는 남편을 만나게 되면서 진짜 어른이 된 것 같다고 말합니다. 남편을 만나기 전까지 한국에서 지낼 때는 늘 시간에 쫓기는 기분이었습니다. 남들이 얼마만큼 살고 있는지를 늘 곁눈질하며 그에 맞추기 위해 아등바등했습니다. 만약 남편을 만나지 못했더라면 여전히 그 틀 안에서 남들처럼 살기 위한 것만을 최대의 목표로 삼았을 것 같다는 생각이 듭니다. 하지만 남편을 만나 다양한 나라에 가보고 그 나라의 다양한 사람들을 만났습니다. 점점 넓은 세계를 보고 다양한 사람들을 만나다 보니 현진 씨 스스로 마음이 넓어진 것 같은 기분이 듭니다. 한층 삶의 여유도 생기게 되었습니다. 현진 씨가 한국과 미국 등 세계를 잇는 글로벌 커뮤니케이션 업무를 하게 된 것도 남편과의 만남 덕분으로, 6년째 해외 유학이나 해외 취업을 꿈꾸는 한국인들을 돕는 업무를 해오고 있습니다. 최근에는 한국에서 시장을 확장하려는 글로벌 기업들을 지원하는 마케팅 리서치도 시작했습니다. 두 사람이 오랫동안 꿈꿨던 대로 한국과 세계를 잇는 다리 역할을 하고 있는 것입니다.

그래함 씨는 한국에서 살면서 수시로 낯선 상황에 맞닥뜨리고 적응하다 보니, 새로운 도전을 두려워하지 않게 되었고 삶이 한층 더 풍부해졌다고 말합니다. 적극적으로 새로운 경험을 하려는 의지가 한층 강해졌습니다. 교수라는 본업과 부인의 사업을 도와주는 일 외에도 광고나 드라마의 단역 출연 같은 기회가 생기면서 삶의 경험이 점차 두터워지고 있습니다. 어떤 상대를 만나느냐에 따라 세계를 보는 관점 자체

　　그래함 씨는 국제결혼에서 나의 문화를 알려 주고 상대의 문화를 배우는 것만큼 중요한 것이 두 사람의 새로운 문화를 만드는 것이라고 합니다. 꼭 국제 커플이 아니더라도 모든 사람은 전혀 다른 삶을 살던 짝과 만나 결혼을 합니다. 결혼은 어느 한 사람의 삶에 또 한 사람이 편입되는 것이 아니라 두 사람이 함께 제3의 새로운 삶의 방식을 만들어야 하는 계기입니다. 그렇기에 무엇이 되었든 둘이 함께 추구하는 공동의 목표를 만들거나 취미를 만드는 것이 중요하다고 그래함 씨는 제안합니다. 현진 씨 부부의 경우는 서로의 일이나 취미 생활을 뒷받침해주는 한편, 라이브 재즈 클럽에 가거나 각종 뮤직 페스티벌 같이 함께 흥미를 가진 행사에 참여하는 등 취미 생활을 함께하며 관계를 더욱 돈독히 해나가고 있습니다.

　　이런 둘의 결속은 이름에서도 나타납니다. 두 사람은 서로의 성을 합쳐서 같은 성을 씁니다. 미국에서는 결혼을 하면 아내가 기존의 성을 버리고 남편의 성을 쓰는 것이 일반적이고, 별도의 법적인 절차도 필요 없습니다. 하지만 남편이 아내의 성을 쓰려면 법원에 가서 허가를 받아야 합니다. 결혼을 앞두고 그래함 씨는 법원에 가서 공식적으로 자신의 성을 변경했습니다. 한국에서는 성을 바꿀 수가 없지만, 현진 씨도 미국 영주권에 남편과 자신의 성을 합친 성을 썼고 명함에도 본인의 원래 성이 아니라 둘이 합친 성을 쓰고 있습니다. 두 사람이 서로의 성을 합치기로 한 것은 각자의 삶을 살던 두 사람이 결혼을 통해서 새로운 정체성을 찾은 것을 상징적으로 나타내고 싶었기 때문입니다. 두 나라의 두 가지 문화를 가진 두 사람이 하나가 되었다는 점을 보여주고 싶었습니다. 미국과 한국은 두 사람에게 더 이상 외국이 아니라, 제2의 조국이자 삶의 터전입니다.

현진 씨 부부는 결혼 전에도 그랬지만 결혼 후에도 늘 둘이 함께할 미래를 끊임없이 이야기합니다. 특히 함께 사업을 하기도 하는 두 사람이기에 더욱 통하는 점이 많습니다. 하지만 부부의 미래에 두 사람 사이의 아이에 대한 이야기는 없습니다. 두 사람은 소위 말하는 딩크족(Dual Income No Kids

의 줄임말로 맞벌이를 하며 자녀를 원치 않는 부부를 이르는 말), 즉 의도적으로 자녀를 갖지 않기로 결정한 부부입니다.

이를 두고 주변에서는 많은 말들을 합니다. 지금은 젊어서 괜찮지만 나중에 나이가 들면 분명히 후회할 거란 말도 많이 하고, 현진 씨의 부모님 같은 경우는 육아가 걱정돼서 그러는 거라면 아이는 키워 줄 테니 낳기만 하라고 설득하시기도 했습니다. 부부도 고민하지 않은 것은 아닙니다. 아이를 낳지 말아야겠다는 강한 의지가 있었다기보다는 자연스럽게 아이를 낳는 것 자체를 꿈꾸지 않았을 뿐입니다. 주변의 부부들이 모두 자녀와 함께하는 모습을 보면 고민이 되기도 하지만 부부의 인생 계획에서 아이를 생각해 본 적이 없을 뿐입니다. 주변에서 아이를 낳고 살아가는 평범한 일상을 보면서, 출산에 대해 여러 번 얘기를 나눠보기도 했습니다. 그러나 충분한 고심 끝에 내린 결론은 우리의 삶의 목표나 행복에는 아이가 들어있지 않다는 것입니다.

세상에 행복을 찾는 방법은 수도 없이 많고, 사람들은 각자의 방식으로 자신만의 행복을 찾아가죠. 아이를 통해 행복을 찾는 부부가 많고 그렇게 훌륭한 부모의 역할을 해내는 것은 대단한 일이라고 생각합니다. 다만 현진 씨 부부는 그런 방식으로 행복을 찾을 수 있는 유형의 사람들이 아니라는 것입니다. 다수가 택한 방식이라고 해서 꼭 나에게 맞는 것은 아니니까요.

결혼과 출산, 육아는 떨어질 수 없는 한 줄로 이어져 있다고 은연중에 여겨 왔지만 사실 출산은 선택의 문제라고 생각할 수도 있는 것입니다. 혹자는 둘만의 생활을 꿈꾸는 것이 다소 이기적인 삶의 방식은 아니냐는 의문을 제기하기도 하지만, 현진 씨와 그래함 씨는 이것이 단순히 둘의 인생만을 생각하는 편협한 생각이라기보다는 그저 나름의 삶의 방식이라 말하고 싶습니다. 두 사람은 각자 원하는 방식, 잘하는 방식으로 삶의 행복을 찾고 싶다고 말합니다. 출산의 문제를 개인의 영역을 넘어선 사회적인 책임이라고 말하는 사람들도 있습니다. 하지만 부부는 아이를 낳아 인구를 늘리고 부모가 되어 아이를 사회적 인재로 키워내는 것만이 사회에 기여하는 방법은 아니라고 생각합니다. 자신이 좋아하고 잘하는 일에 최선을 다하면서, 스스로 행복을 찾고 사회에도 기여할 수 있는 것이니까요. 자신만을 생각하는 이기심이 아니라, 그저 기여의 방식과 분야가 다를 뿐입니다.

또한 아무리 사회적인 기여가 중요한 부분이라고 해도 개인의 행복보다 앞설 수는 없다고 생각합니다. 부부가 아이를 원하지 않는데 굳이 사회적인 책임감으로 출산을 택할 순 없는 것입니다. 구성원이 행복해야 결국 행복한 사회를 만들어 갈 수 있으니까요. 사람마다 각자 타고난 것과 그를 통해 살아가는 삶의 방식은 전부 다르기에 출산 문제 또한 각자 선택의 영역이라고 생각합니다. 그렇기에 아무리 주변에서 아이에 대해 당사자들보다 큰 걱정과 은근한 강요를 하더라도 별달리 신경 쓰지 않습니다. 처음에는 두 사람의 결정을 다소 낯설어 했던 양가 부모님도 이젠 그 결정을 이해하고 자연스럽게 받아들이고 있습니다.

부부 사이는 아이라는 고리가 있어야 더욱 단단해지고 깨지지 않는다고들 하지만 현진 씨와 그래함 씨는 이에 대해서도 반대합니다. 둘 사이에는 자신들만의 연결 고리가 있다고 생각하기 때문입니다. 일단 10년을 함께하며 같이 그려온 삶의 목표가 그것입니다. 그간 일궈 온 삶 자체가 둘 중 하나가 없었다면 불가능했던 것이기에 함께한 삶, 그리고 상대자체가 연결고리입니다. 또한 다른 무엇보다도 두 사람은 아이라는 중간 고리가 없어도 밀접하고 끈끈하게 묶여 있다고 생각하기 때문에 아이가 부부 관계의 조건이라고는 생각하지 않습니다. 특히나 현진 씨 부부는 개인적인 삶 외에 사회적인 삶의 여러 부분도 함께해 나가고 있기 때문에 부부이자 파트너, 삶 전체의 동반자로서 서로가 꼭 함께해야 한다고 생각합니다. 덧붙여 노년의 삶에서 자식이 없다면 쓸쓸해질지도 모른다는 주변의 염려 또한 자식이 있는 것을 당연시하는 문화이기 때문에 전제된 생각은 아닐까 싶다고 합니다.

그들은 결혼을 하고 한 가정을 이룬 둘 사이에 가장 중요한 것은 파트너십이라고 말합니다. 서로가 동등한 입장에서 함께 꿈을 꾸고 그것을 추구하고 서로가 원하는 걸 지지해 주는 동반자적인 관계 말입니다. 그렇기에 현진 씨와 그래함 씨는 단지 개인의 감정뿐이 아니라 삶 전체의 지원군이자 동료로서 함께해 가고 있습니다.

결혼을
묻다

'두 사람이 이제부터 함께 살아가게 될 삶의 목표와 가치관을 함께 공유하고 공감할 수 있는가?'

이것이 강현진, J.J.강-그래함 부부의 사이에 있어 가장 중요한 결혼의 조건입니다.

천생연분에 보리 개떡

결혼 40년 차 김정자, 박영찬 씨 부부와의 소박한 수다

"

　　남편과 결혼해 살면서 남들에게 내세울 만큼 잘한 일은 별로 없지만 그래도 굳이 하나를 꼽자면 어쨌든 40년을 함께 살아냈다는 것, 이건 스스로 칭찬해 줄 만한 일이 아닌가 싶어요.

"

　'천생연분에 보리개떡'이라는 속담이 있습니다. 아무리 형편이 가난해 보리개떡만 나눠먹어야 한다 해도 제짝을 만나면 의좋게 산다는 뜻이죠. 결혼 40년 차인 아내 김정자 씨와 남편 박영찬 씨는 자신들의 결혼 생활이 딱 천생연분에 보리개떡이었다고 말합니다. 부부는 남편이 연상인 것이 당연했던 당시의 분위기로서는 파격적이었던 네 살 연상연하 커플로 만났습니다. 게다가 잘생긴 외모가 자랑거리였던 영찬 씨와 9남매 중 가장 못난이라는 생각을 늘 가지고 있었던 정자 씨, 세상 이치에 어둡고 정이 많던 남자와 생활력 강하고 활발했던 여자, 달라도 참 달랐던 두 사람이 어떻게 만나 결혼을 하고 40년을 함께했는지에 대해 물으니 돌아오는 답은 간단했습니다.

　"그래서 사람들이 천생연분에 보리개떡이라고들 하나 봐요."

　영찬 씨의 나이 스무 살, 정자 씨의 나이 스물네 살에 만나 연애를 하게 된 두 사람은 자연스럽게 동거를 시작하며 부부가 되었습니다. 별달리 결혼식이랄 것은 치르지 못한 채 함께 살게 된 지 몇 년이 지난 후에야 혼인 신고만 올린 채 정식 부부가 되었습니다.

함께 살기 시작한 후부터 집안 살림을 꾸려 가는 것은 모두 아내 정자 씨의 몫이었습니다. 남편 영찬 씨는 원체 생활 감각이 없었습니다. 매달 얼마의 월세를 내야 하는지도 모르는 것은 물론이고 기본적으로 숫자 계산 자체에 밝지 못했죠. 그저 마누라가 어떻게든 해 주겠지, 혹은 어떻게든 살게 되겠지 하는 태평한 생각뿐이었습니다. 억척스럽게 생활전선에 뛰어들어 아등바등하는 것은 늘 정자 씨의 역할이었습니다.

영찬 씨에게는 부모님을 일찍 여읜 채 아직 초등학교에도 입학하지 못한 큰집 조카들도 있었습니다. 시어머니가 양육을 맡고 있긴 했지만 아무래도 자라나는 아이들을 노모에게만 맡길 수는 없었기에 갓 시집온 정자 씨는 자신의 살림에 큰집 조카들까지 틈틈이 돌보았고, 인쇄 공장에 다니며 생활전선에 본격적으로 뛰어들었습니다. 그런데 이렇게 억척스럽게 생활을 꾸려 가며 가정을 지키려는 정자 씨의 진심도 몰라주고, 영찬 씨는 바람기까지 다분한 남자였습니다.

결혼 생활 내내 여자 문제로 정자 씨의 골치를 썩였고 그러면서도 공장에 다니는 정자 씨가 다른 남자를 만나고 다니는 것은 아닌지 의심하기도 했습니다. 때론 폭력을 사용할 때도 있었습니다. 이런 남편을 감당하기 힘들어서 그만 헤어질까 하는 생각도 수없이 했지만 정자 씨에게는 쉽게 이혼을 결정할 수 없는 이유들이 있었습니다.

일단, 당시에는 이혼이란 것 자체가 선택의 범위에 있지 않았습니다. 지금의 젊은 여성들은 잘 이해할 수 없을지도 모르지만 남편의 바람기가 이혼 사유가 될 수 없었던 시기였습니다. 하물며 이혼을 했다고 하더라도 친정으로 돌아가 부모님께 이혼을 했다고 말할 엄두조차 내지 못했습니다. 하지만 이런 사회적인 시선이나 선입견보다 강했던 것은 시아버님과의 약속이었습니다. 임종을 홀로 지키던 정자 씨에게 시아버님은 손을 꼭 잡으시며 이런 말씀을 하셨습니다.

"나는 자식이 많아도 자식이 없다. 네가 나의 유일한 자식이다."

그 마지막 말을 듣고 난 이후로 정자 씨는 자신이 힘들다고 해서 이 가정을 포기할 수가 없다는 책임감이 생겼습니다. 남편을 한 남자라기보다 가족으로서 놓지 말아야겠다는 다짐을 했습니다. 그리고 이왕 이 남편과 살아가야 한다면 자신만의 극복 방법을 찾아가 보기로 마음먹었습니다. 그 결과 정자 씨가 찾아낸 방법은 결국 모든 것을 내려놓는 것이었습니다. 아무리 많은 여자를 만나고 다녀도 결국 나에게 돌아올 사람이라는 확신은 있으니 그런 부분은 그저 포기해 버리기로 했습니다. 남편을 고치려는 생각 자체를 내려놓고, 나의 개인적인 욕구나 욕망들을 내려놓고 그저 가정의 생활을 위해 나아가기로 했습니다. 그리고 아들이 태어난 해부터는 생활비를 벌기 위해 남편이 운전 일이라도 하도록 권유했습니다. 그래서 영찬 씨는 아들과 동갑인 면허증을 갖게 되었습니다. 그 후부터 택시 운전이나 레미콘 운전 등을 하며 조금이라도 생활에 보탬을 줄 수 있도록 했습니다.

정자 씨는 이제 와 돌아보면 40년의 결혼 생활이 그저 재미있었던 것 같습니다. 지난 결혼 생활 동안 힘든 일은 많았지만 후회하는 일은 없습니다. 속만 썩였던 남편에게 미움의 감정은 남아 있지 않습니다. 그까짓 거 다 넘겨 버릴 수 있을만했던 것들이란 생각이 듭니다. 다만 나의 마음대로 해본 것이 없다는 생각은 듭니다. 그렇기에 서른이 훌쩍 넘은 아들에게도 결혼은 안 해도 좋으니 재미있게만 살라고 말하곤 합니다. 스스로 돌아보았을 때 다른 후회는 없지만 나를 위해 살아 보지 못한 것은 아쉬움이 남기 때문입니다.

십여 년 전에 남편 영찬 씨는 뇌경색이 뇌병변으로 번졌고, 현재는 거동과 말하는 것 모두가 자유롭지 않습니다. 정자 씨 또한 교통사고 등으로 인해 팔과 다리가 편하진 않은 상황이지만 비교적 건강한 정자 씨가 남편의 생활 전반을 돌보고 있습니다. 불편해진 몸 때문에 외출을 꺼리는 남편에게 자꾸만 밖으로 나가자 권하며 몸과 마음을 건강히 하려고 노력합니다. 이제 남편을 보면 나의 가족으로서의 책임감을 느낍니다. 그래서 함께 누워 있으면 이런 말을 나누곤 합니다. 한 사람만 남아서 자식에게 부담 주지 말고, 같은 날 같이 죽을 수 있다면 참 좋겠다고 말이죠.

"결혼이란 게 늘 행복하고 즐겁진 않더라도 그 안에 있다는 안도감, 혼자

가 아니라는 만족감, 이런 것들이 채워 주는 기쁨은 어떤 난관이 닥치더

라도 쉽게 놓을 수 있는 것이 아니죠."

올해 정자 씨 부부는 뒤늦은 결혼식을 올렸습니다. 사회적 의미가 있는 사업들을 펼쳐 나가는 최게바라 기획사에서 결혼식을 올리지 못한 어르신들을 위해 결혼식을 올려 주는 프로젝트를 진행하는 것을 알게 된 조카가 신청해 준 덕분이었습니다. 사실 정자 씨는 평생 결혼 생활을 하면서 남들에게 내세울 만한 일이 없고 곱씹을 만한 추억이 없다는 것이 늘 아쉬웠습니다. 결혼사진 한 장만 찍어서 앨범에다 넣어 놓고 살 수 있다면 참 좋겠다는 생각을 여러 번 해 왔습니다. 그런데 뜻밖에 주어진 기회를 통해 느지막하게나마 세상 어디에도 없는 자신들만의 이야기가 담긴 결혼식을 열 수 있었습니다.

웨딩드레스를 입어 보는 것은 정자 씨 평생의 소원이었습니다. 그런데 막상 웨딩드레스를 입을 순간이 다가오니 부끄러운 생각이 앞선 것도 사실입니다. 평생 기다려 온 옷이지만 이미 너무 늙고 뚱뚱해져서 맞는 것이 없을 것 같고 어울리지도 않을 것 같은 걱정이 들었기 때문입니다. 하지만 결국 드레스를 입었을 땐 뭐라고 말할 수 없는 감정이 올라왔습니다. 평생을 보상받는 느낌이 들었습니다.

결혼을
묻다

상암 월드컵 경기장에서 열린 결혼식은 사람들이 모두 함께 즐기는 잔치처럼 열렸습니다. 아들이 축사를 읽어 주고, 연극극단 청년들이 두 사람의 인생 이야기를 토대로 만든 연극을 공연해 주는 등 수많은 자원 봉사자가 부부의 늦은 결혼식을 위해 애써 주었습니다. 게다가 어릴 적 딴따라가 되어선 안 된다는 부모님의 말씀에 엄두도 못 냈던 정자 씨의 가수의 꿈이 실현되는 순간이기도 했습니다. 정자 씨는 상암 월드컵 경기장 한가운데에서 마이크를 손에 쥐고 '나는 열일곱 살이에요'를 불렀습니다. 그리고 이것은 40년 결혼 생활 중, 두 사람의 인생을 통틀어 가장 멋진 기억이 되었습니다. 이제껏 남에게 폐 끼치지 않고 살아서 받은 선물이라는 생각도 들었습니다.

정자 씨는 40여 년간 결혼 생활을 해 보니 부부에게 가장 필요한 것은 위기를 극복하는 지혜가 아닐까 싶은 생각이 듭니다. 어떤 형태로든 위기는 모든 부부에게 찾아옵니다. 하지만 정자 씨에게 있어 그것은 결혼 생활을 멈출까 계속할까를 선택하는 순간이 아니라, 어떻게 해서든 극복해야만 하는 숙명과도 같았습니다. 그렇기에 요즘 젊은 세대는 결혼 생활의 위기를 참고 넘기려는 생각을 잘 하지 않는 것 같아 안타까운 생각이 듭니다.

어려움을 빗겨 나가는 별다른 요령은 없습니다. 그저 마음을 내려놓고 사랑받기보다 사랑하려 해야 합니다. 내가 베푸는 만큼 돌아온다는 것이 정자 씨의 결론입니다. 정자 씨는 평생 속을 썩인 남편이라도 내 남편이 최고라 생각하려고 합니다. 그렇기에 밖에 나갈 때는 대강 꾸며도 집에 있을 때는 예쁘게 보이려고 애씁니다. 내가 세상에서 예쁘게 보이고 싶은 유일한 사람은 집에서 만나는 남편이기 때문이죠.

마지막으로 남편 영찬 씨께 지금까지의 결혼 생활이 어떠셨는지 묻자 딱 한마디를 하십니다.

"지금 말을 제대로 할 수 없는 처지라 길게 말할 수는 없지만, 지금까지 결혼 생활이 너무너무 행복했습니다."

그리고 영찬 씨의 눈에는 정자 씨에 대한 미안함의 눈물이 흐릅니다. 이 모습을 보시던 정자 씨가 말을 거듭니다.

"남편과 결혼해서 살면서 남들에게 내세울 만큼 잘한 일은 하나도 없었다고 생각하지만 굳이 하나를 이야기하자면 어쨌든 40년을 함께 살아냈다는 것, 이건 스스로 칭찬해 줄 만한 일이 아닌가 싶어요. 만약에 이혼하고 혼자 살았으면 좀 더 편했을지도 모르죠. 나 자신을 위해 재미있는 일들을 더 많이 할 수 있었을지도 모르고요. 하지만 그렇게 얻는 유희가 얼마만큼의 깊이가 있었을지는 의문이 들어요. 아무리 밖에서 즐거운 생활을 하더라도 집으로 돌아온 순간 혼자 남게 된다면 허무하지 않았을까 싶어요. 지금 나를 둘러싼 가족이라는 울타리는 아무리 지지고 볶고 하더라도 나의 존재를 증명해 주는 것이라고 생각해요. 그 울타리 안에서 늘 행복하고 즐겁진 않더라도 그 안에 있다는 안도감, 혼자가 아니라는 만족감, 이런 것들이 채워 주는 기쁨은 어떤 난관이 닥치더라도 쉽게 놓을 수 있는 것이 아니죠."

부부를 인터뷰하고 돌아오는 길에 인생은 아름답다고만 말하기에는 좀 더 거칠고 투박한 것이라는 생각이 들었습니다. 40년을 함께한 노부부라고 해서 무작정 서로를 이해하는 것도 아니고 삶에 대한 통달로 무통의 경지에 이른 것도 아니었습니다. 나이에 상관없이 삶은 계속해서 힘들고, 멈추지 않고 지지고 볶는 것이 현실의 결혼 생활이라는 작은 깨달음도 얻었습니다. 하지만 결국은 선택의 문제이며, 그럼에도 불구하고를 말해야 했던 수많은 결혼 생활의 순간을 지나 지켜온 가정은 분명 개인적인 욕구나 결혼을 선택하지 않았더라면 하는 전제와 일대일로 비교해서 교환할 수 없는 그만의 무게감이 있다는 것도 보았습니다.

개똥밭에 굴러도 이승이 좋다고 했던가요? 힘들고 고단해도 결혼 생활이 좋은 이유, 그것은 결혼이 주는 무한한 행복감 때문이라고만은 할 수 없는 가족이라는 존재감과, 자신이 선택한 길에 대한 책임감이라는 복잡한 삶의 희로애락이 더해진 심오한 영역이었습니다. 우아한 혼자보다 억척스러운 우리가 낫다고 생각하는 마음, 내가 하고 싶은 것을 다 하는 외로움보다 가족이 하고 싶은 것을 하게 해주는 희생이 낫다고 여기는 마음, 그런 마음을 놓고 제삼자는 함부로 이렇다 저렇다 말할 수 없겠죠.

어쩌면 결혼이란 한여름에 수박을 들고 오르막길을 걷는 일과 비슷하다는 생각이 듭니다. 너무 무겁고 힘들어서 잠깐 내려놓고 싶지만, 오르막길에서 혹여 굴러 떨어지진 않을까, 쉽게 깨져 버리진 않을까 걱정되어 낑낑대며 걷는 길, 내가 힘들고 지친다고 함부로 내팽개쳐 버릴 수 없는 어마어마한 수박의 무게, 그것이 결혼과 참 닮았다 싶습니다.

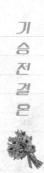

누군가 결혼과 연애의 차이를 이렇게 설명합니다. 사랑하는 사람에게 참을 수 없이 지독한 입 냄새가 날 때, 이를 도무지 견딜 수 없어 헤어지면 그만인 것이 연애라면, 입 냄새가 나는 단점을 상쇄시킬 만한 다른 좋은 점을 찾는 것이 결혼이라고 말이죠.

결혼식을 올릴 때 사람들은 머리카락이 파뿌리가 될 때까지 함께하겠다는 맹세를 하곤 합니다. 가끔은 이 맹세가 섬뜩해질 때가 있습니다. 평생 같은 남자와만 살아야 한다니, 시작부터 막막한 이야기처럼 들리기도 합니다. 하지만 인터뷰를 하며 여러 부부를 만나는 동안 머리 한쪽이 뻥하고 열리는 듯한 순간들이 있었는데, 그 중 하나가 그간 남녀 간의 애정에만 한정 지어 생각해 왔던 결혼이란 것이 실은 그보다 훨씬 광범위한 것이라는 점을 깨달았던 순간입니다. 부부라는 이름으로 엮인 두 사람 사이에는 로맨스보다 훨씬 깊고 복잡한 넓은 범위의 사랑이 존재했습니다.

'결혼'이란 어쩌면 남자와 여자로서의 로맨스가 끝나는 순간부터 본격적으로 시작하는 것이 아닐까 싶은 생각도 듭니다. 하지만 그것은 '사랑이 아닌 것'이 아니라 '사랑의 또 다른 변형'이거나 혹은 '사랑의 확장판' 같은 것이죠. 연애 시절에는 여자로서의 나, 남자로서의 나를 부각해 이용했다면 결혼은 한 인간으로서의 전체의 나를 내보이는 경험인 듯합니다. 그 모습은 아름다울 때도 있지만 때로는 초라하고 보잘것없기도 하고, 생각보다 훨씬 장렬해 보이기도 합니다. 한 사람과 평생을 함께 산다는 것, 그것은 나를 낳아준 부모님과도 어려운 일이니까요.

얼마 전 결혼 생활이 30년 가까이 된 중년의 아내와 대화를 나눈 적이 있습니다. 난치병으로 투병하는 자신의 남편 이야기를 하던 그녀는 이런 말을 했습니다.

"남편이 죽는다고 생각했을 때 나와 자식들이 남겨지는 게 두려워서 눈물이 나는 게 아니야, 그저 한 사람으로서 고생만 하다 끝날 것 같은 남편의 인생이 가엾어서 눈물이 나."

그 이야기를 들으며 두 사람이 만들어 가는 결혼의 의미를 생각해 보게 되었습니다. 두 사람 사이의 감정 변화가 저렇게 될 수 있구나, 부부란 저렇게 서로를 가엾어 하는 마음이겠구나 싶은 생각이 들었습니다. 연인이 부부가 되고 부부가 가족이 되어가다 보면 한 사람에게 향하는 설렘보다 훨씬 깊은 연민과 가엾음, 책임과 의리가 되어 가는구나 하는 깨달음이 있었습니다. 사랑만으로는 한 사람과 평생을 함께하기 어려울지 몰라도, 이런 수많은 감정들이 있기에 평생의 관계를 지지하는 다른 차원의 힘이 만들어지는 것이겠지요.

질문 다섯. 누구를
위해
결혼은
하나요?

매우 중요하지만
절대적이지는 않은
영국인 남편과 결혼한 한국인 아내와의 쿨한 수다

저에게 결혼이란 인생에서 주어지는 수많은 선택과 사건들 중 하나일 뿐이에요. 아주 중요한 것은 확실하지만, 그렇다고 인생 전체를 좌지우지할 만큼 절대적인 것은 아니죠.

이제 결혼 3년 차가 되는 우희 씨는 자주 가던 카페에서 지금의 영국인 남편 대니얼 씨를 처음 만났습니다. 각자 카페를 찾았다가 우희 씨에게 첫눈에 호감을 느낀 남편이 먼저 SNS 주소를 물어 왔고 며칠 후에 쪽지로 연락을 해 왔죠. 쪽지에는 영어로 적힌 '한국 사람들은 자장면을 좋아한다는데 함께 먹으러 가지 않겠느냐.'는 메시지가 적혀 있었습니다.

처음 만난 날, 음악과 축구를 좋아했던 두 사람은 통하는 점이 참 많다는 사실을 확인할 수 있었습니다. 가볍게 저녁만 먹으려 했던 만남이 몇 번이나 장소를 옮겨 가며 시간 가는 줄 모르는 대화로 이어졌습니다. 사실 약속 장소에 나오기까지 우희 씨는 가슴 한쪽에 경계심을 품고 있었습니다. 초등학교에 원어민 교사로 일하고 있던 그가 가벼운 흥미로만 다가오는 것은 아닌가 하는 의심을 못내 가지고 있었던 것이죠. 하지만 말투며 눈빛, 행동에서 묻어나는 남편의 진솔함과 순진함에 우희 씨는 경계하던 마음을 조금씩 내려놓고 그와 가까워질 수 있었습니다.

그리고 얼마 후 정식으로 교제를 시작하자 남편의 진실한 마음은 더욱 빛을 발했습니다. 한번은 우희 씨가 간단한 수술을 받기 위해 병원에 입원했던 적이 있는데 그때 남편은 손질도 안 된 계피 뭉치를 잔뜩 들고 나타났습니다. 언젠가 계피를 좋아한다고 했던 우희 씨의 말을 기억하고 재래시장에 가서 직접 구해 온 것이었습니다. 직장의 동료들에게 메시지를 받아 직접 손으로 꾸민 커다란 카드도 함께 들어 있었습니다. 우희 씨는 서툰 한국어로 시장을 누비며 계피를 찾고, 동료들에게 여자 친구를 위한 한마디를 부탁했을 그의 모습에 저절로 피식하고 미소가 새어 나왔습니다. 이렇게 엉뚱하지만 최선을 다해 자신을 생각해 주는 마음 씀씀이에 점점 더 마음을 열게 되었습니다.

그러던 중 우희 씨 커플은 남편의 고향 집이 있는 영국으로 함께 놀러 가게 되었습니다. 그리고 자신의 가족을 대하는 대니얼 씨의 모습을 보며 이 연애가 결혼까지 발전할수 있겠다는 생각을 진지하게 하게 되었습니다. 솔직히 연애를 하는 동안에 남편이 두 사람의 결혼에 대해 자주 이야기를 꺼내는 편이었음에도 우희 씨는 진심으로 결혼을 하고 싶다는 생각을 한 적이 없었습니다. 애정이 부족해서라기보다 결혼 자체를 꼭 해야 하는 것이라 생각하지 않았기 때문입니다. 하지만 어디에 가나 가족들과 함께 다니고 특히 거동이 불편하신 할머니를 친구처럼 챙기는 그의 모습을 보며 처음으로 '이런 사람이라면 결혼을 하고 싶다.'라는 생각이 들었습니다. 자신의 가족을 이렇게 아낄 수 있는 사람이라면 나의 가족도 그리고 우리가 함께 이룰 가족도 아낄 수 있을 것이라는 생각에 앞으로의 날들을 함께하고 싶다는 기대가 생긴 것입니다.

결국 두 사람은 지난 2012년, 오스트리아 빈의 한 성당에서 결혼식을 올렸습니다. 각자 살아오던 두 사람이 만나 새로운 가정을 이루는 것인 만큼 서로의 모국인 한국과 영국이 아닌 제3국에서 하자는 남편의 의견도 있었고, 두 사람이 공통적으로 좋아했던 음악가 모차르트의 추억이 어린 곳이라는 것도 특별한 의미가 있었기에 선택한 장소였습니다. 서로의 가족과 친구들을 합쳐 40여 명 정도의 하객이 참석한 소박한 결혼식이었습니다. 예식 후에는 근처의 유서 깊은 와인 창고 일부를 빌려 피로연을 열었습니다. 40여 명의 하객

한 명 한 명이 축하 인사를 읽어 주며 모두가 식에 직접 참여
했습니다. 그리고 밤이 깊도록 함께 춤추고 노래하며 한국과
영국, 그리고 오스트리아가 모두 섞인 의미 깊은 결혼식을
치러 냈습니다. 친한 사이에 경제적 어려움이 생겼을 경우라
면 돈을 빌려주고 받을 수 있지만 기쁜 일을 치를 때 돈을 건
네주는 것은 성의가 없는 행동이라고 여기는 영국식 사고방
식대로 축의금 대신에 각자 준비해 온 의미가 담긴 선물을
받았습니다. 신랑 신부를 생각하며 준비해 온 이야기가 담긴
선물들이 결혼식에 의미를 더했습니다. 이렇게 식을 마치고
난 후에 우희 씨의 어머니는 이런 말씀을 하셨다고 합니다.
내 생애 최고의 결혼식이었다고 말이죠.

　　신혼집은 한국에 차리게 되었습니다. 결혼 초기에는 남
편이 한국어를 거의 하지 못했기 때문에 모든 대화가 영어로
이루어졌는데, 그러다 보니 작은 오해들이 끊임없이 생기기
도 했습니다. 예를 들어 '마음이 답답하다'는 표현을 하고 싶
은데 이런 미묘한 감정의 뉘앙스가 영어로는 적절히 변환되
지 않거나 하는 것이었습니다. 그런데 살다 보니 꼭 언어만
이 소통의 수단은 아니라는 점을 우희 씨도 그리고 남편도

조금씩 깨달아 갈 수 있었습니다. 이제는 그냥 한국말로 '에휴, 답답해.'라고 말해도 남편이 우희 씨의 표정이나 억양 등을 통해 그 의미를 이해할 때도 있게 되었을 정도니까요.

하지만 안타깝다고 할까, 조금 아쉽다고 느끼는 점은 남아 있습니다. 그것은 친정어머니와 남편의 소통이 우희 씨를 통해야만 이루어진다는 점입니다. 어머니는 영어를 못하시고, 남편은 한국어가 서툴다 보니 두 사람이 직접 대화할 수 없다는 점이 우희 씨에게는 늘 아쉬운 부분입니다. 다른 무엇보다 어머니만큼 멋진 여성이 없다고 생각하는 우희 씨로서는 어머니에 대해, 그리고 어머니가 남편을 얼마나 사랑하고 아끼고 있는지에 대해, 두 사람이 직접 대화하며 느낄 수 있다면 얼마나 좋을까 하고 바랄 때가 있습니다. 반대로 어머니 또한 남편의 좋은 점을 직접 대화하며 알았으면 싶기도 하고요.

이런 우희 씨의 바람을 남편도 알고 있기에, 당장은 한국어가 능통해지는 것이 불가능하더라도 우희 씨나 우희 씨의 가족, 그리고 우희 씨 주변의 모든 지인에게 더 적극적으로 다가가려고 애쓰는 모습을 보여주곤 합니다. 말이 통하지 않는다는 이유로 사람들을 멀리하거나 어려워하지 않고 적극적으로 만나고 대화하려고 노력합니다. 물론 그 과정에서 주변 사람들이 영어로 남편에게 어떤 표현을 했을 때 오해가 생기는 경우도 많습니다. 한국인이 무심결에 쓰는 영어 표현들 중에 영어가 모국어인 남편이 들었을 때는 무례하다거나 이상하다고 느끼는 것들이 꽤 있기 때문입니다. 하지만 이런 부분 또한 남편이 한국적 영어 맥락을 알게 되며 점차 간극을 좁혀 나가고 있습니다.

그러나 이런 언어의 문제와 달리 문화 자체에 대한 이해는 좀처럼 차이가 좁혀지지 않는 훨씬 고난이도의 부분입니다. 특히 우희 씨가 남편과 가장 마찰이 일어나는 부분은 회사 생활에 관한 문제들입니다. 한국인들끼리는 암묵적으로 동의하는 사회생활의 규칙 아닌 규칙 같은 것들이 남편에게는 전혀 통용되지 않습니다. 예를 들어 회식이나 잦은 야근 등의 한국식 회사 문화 자체를 영국인 남편은 도무지 이해하지 못합니다. 그의 상식에서는 수당이 없는 야근은 있을 수 없고, 회식은 개인이 가기 싫으면 가지 않아도 되는 선택의 문제입니다. 우희 씨도 물론 그것이 맞는 말이고 좋은 말인 것은 알지만 한국에서 사회생활을 하는 직장인으로서는 현실에는 맞지 않는 이상이기에 이런 부분을 남편에게 어떻게 설명해야 할지 난감할 때가 많습니다.

그래서 결혼한 첫 해에는 이 문제로 다툼이 잦았습니다. 남편은 우희 씨가 회사에 너무 많은 시간 동안 매여 있다고 말했습니다. 회사 일의 고충을 털어놓으면 회사를 그만두고 자신의 삶을 즐기라는 원칙적인 조언만을 했죠. 하지만 우희 씨가 회사 일에 치여서 회사에 가기 싫다고 남편에게 말할 때는 진짜로 회사를 그만두겠다는 생각은 전혀 없었습니다. 그것은 단순히 투정 같은 것이었습니다. 어떤 결론을 내주기보다 그저 감정을 공유해 주길 바랐던 것인데, 남편은 왜 싫은데 싫다고 솔직하게 말하지 않고 회사에 다니는지 그 자체를 이해하지 못했습니다. 남편으로서는 애초에 이해가 안 가는 상황에 대해 우희 씨는 고충을 토로하고 있으니 서로 이어질 수 없는 대화만이 반복되는 상황이었습니다. 결국 우희 씨는 점차 힘들다는 말 자체를 꺼내지 않게 되었습니다.

결혼을
묻다

남편은 우희 씨의 말에 적당히 동조해 주는 경우가 거의 없었습니다. 겉과 속이 다르지 않은 솔직함이 몸에 배어 있다고 할까요? 가끔은 좋으면서도 싫다고 말하는, 싫으면서도 좋다고 말하는 이중 언어를 이해하지 못합니다. 회사에 대한 고충도 그렇지만 부부 싸움을 할 때도 마찬가지입니다. 예를 들어 우희 씨가 화를 내며 한밤중에 나가겠다고 할 때도 못 나가게 말리는 것이 아니라 일단 나갔다 오라고, 대신 어디에 가는지 전화를 해달라고 말하곤 합니다. 우희 씨는 내심 남편이 말려 주기를 바라며 던진 말인데 남편은 그 말을 그대로 존중해 주며 나가고 싶다면 나가게 해주는 것이 배려라고 생각했던 것이죠.

우희 씨는 그것이 남편 나름의 방식이라는 것을 알고 있지만 가끔은 그 점이 서운하게 느껴지기도 합니다. 분명 같은 사람인데 결혼 전에는 나와의 공통점만 보였다면, 결혼 후에는 나와의 차이점만 보이는 듯도 했습니다. 결국 변한 건 그가 아니라 나일지도 모른다는 생각이 들었습니다. 또한 이렇게 남편과 좁혀지지 않는 차이, 그 자체를 인정해야 함을 잘 알고 있기도 합니다.

"남편은 갈빗집에 가서 고기를 구워 주는 직원을 만나면 그 서비스를 이해하지 못해요. 내 방식대로 먹고 싶은데 왜 직원이 자기 마음대로 하느냐고 생각하죠. '한국인은 원래 그래.'라고 말하고 대충 넘어가고 싶은 순간도 많지만 남편의 질문이 계속 이어질 때가 많아요. 한때는 이런 작은 차이들에 당황하고 힘들어하기도 했지만 지금은 우리가 각자 가지고 있는 커다란 덩어리랄까, 많은 고정관념과 배경 지식, 문화 등이 다르다는 것을 그 자체로 인정하고 이 차이를 완전히 좁힐 수 없음을 받아들이려고 해요."

영국인과 결혼한 우희 씨가 가장 자주 듣는 말이자 듣기 싫은 말이기도 한 것은 "영어를 쓰는 남편을 만났으니 영어를 잘하겠다."는 것입니다. 유독 영어에 민감한 우리나라인 만큼 다소 부러움이 섞인 투로 하는 말이기도 합니다. 하지만 그때마다 우희 씨는 확실하게 말합니다. 남편을 만나 영어를 잘하게 된 것이 아니라 본래 영어를 잘했기 때문에 남편을 만난 것이라고 말이죠. 비단 영어만이 아니라 우희 씨는 결혼 자체가 누군가 한 사람이 다른 사람의 덕을 보거

결혼을
묻다

나 귀속되는 것은 아니라고 생각합니다. 우희 씨가 생각하는 결혼이란 일종의 팀을 이루는 일입니다. 누군가 앞서거나 뒤서는 것이 아니라 동등한 권리와 자격을 누리며 팀워크를 발휘해야 합니다. 그래서 결혼을 하고 싶다면 자신만의 인생이 아닌 우리의 인생을 살아갈 준비가 되어 있어야 한다고 말하고 싶습니다. 단, 확실한 '나'가 있어야지만 나와 네가 합해진 '우리'도 만들어질 수 있다는 전제 아래에서 말이죠.

우희 씨는 자신에게 결혼이란 인생에서 주어지는 수많은 선택과 사건들 중 하나일 뿐이라고 말합니다. 아주 중요한 선택이고 사건이지만 그것이 인생 전체를 좌지우지할 만큼 절대적이라고는 생각하지 않는다는 것입니다. 이것은 남편을 덜 사랑해서도, 결혼의 가치를 쉽게 생각해서도 아닙니다. 그저 누군가의 아내, 누군가의 엄마, 며느리, 올케, 시누이이기 이전에 나라는 사람으로서의 존재를 지켜가고 싶은 자신의 심지를 지키고 싶은 것, 그 의지라고나 할까요? 결혼 이후의 삶에서 '강요된 변신'을 하기보다 '나다운 지속'을 선택하는 것이라고도 할 수 있을 테죠.

이혼 후에 오는 것들
이혼 후에 홀로서기를 시작한 신아연 씨와의 당당한 수다

결혼은 인생을 살면서 경험할 수 있는 가장 농도 짙은 감정들로 이루어진, 체험해 볼 만한 가치가 있는 갈등의 장인 것 같아요. 결국 그를 통해 얻게 되는 것은 다른 무엇이 아닌 '나 자신의 성숙'이죠.

습관이란 것은 참 무섭습니다. 누군가는 '생각한 대로 살지 않으면 사는 대로 생각하게 된다.'는 멋진 말을 남기기도 했지만 사실 살다 보면 어디까지가 생각이고 생각이 아닌지 구분하는 것조차 불가능하게, 그저 '습관처럼 살아내야 하는' 순간들이 많으니까요.

한 잡지에 '이혼 후에'라는 칼럼을 연재 중인 신아연 작가는 25년간의 몸에 밴 삶의 습관에서 벗어나 이제 막 새로운 습관들을 익히는 중입니다. 25년간의 결혼 생활, 그리고 결혼을 하고 얼마 후에 건너가 내내 지냈던 시드니에서의 생활을 정리하고 다시 서울에 홀로 던져진 그녀의 얼굴엔 새로 시작하는 이들에게 느껴지는 두려움과 설렘, 그리고 걱정과 패기 등 복잡한 심경이 묻어납니다.

아연 씨는 이십 대에 죽도록 사랑하는 남자를 만났고 그와 결혼을 했습니다. 그는 '아버지같이 보이는 사람'이었습니다. 양심수로 무기징역을 선고받은 채 가족과 떨어져 지내야 했던 아버지에 대한 그리움은 아연 씨에게 '아버지 같은 사람'을 이상형으로 품게 했습니다. 하지만 아버지 같아서 좋아했던 남편은 절대 아버지이거나 그와 비슷한 무엇이 될 수 없었습니다. 오히려 아버지와는 전혀 다른 사람이었죠. 그는 누군가를 보살피기보다는 보살핌을 받는 것에 익숙한, 아버지이기보다는 막내아들같이 살고 싶은 사람이었습니다. 후에 알게 된 사실이지만 오히려 남편은 아연 씨에게 '어머니 같은' 모습을 기대했다고 합니다. 동상이몽, 두 사람은 서로 다른 무의식의 기대를 품고 상대가 어떠해 주기를 바라며 결혼 생활을 시작한 것입니다. 하지만 아무리 바란다고 해도 남편은 아연 씨의 아버지가 될 수 없었고 아연 씨는 남편의 어머니가 될 수 없었습니다.

아연 씨에게 결혼은 두 사람의 인생이 맨몸으로 부딪히며 지금껏 어디에서도 경험하지 못했던 날 것의 갈등을 만들어 내는 일상이었습니다. 부부 사이의 관계라는 것은 연인 간의 갈등, 회사 동료와의 갈등, 친구와의 갈등 같은 것들과는 비할 수 없는 매우 원초적이고 농도 짙은 것이었죠. 그러나 이때의 갈등이 꼭 부정적인 의미라고 단편적으로 말할 수는 없습니다. 달리 보면 세상에서 유일하게 자신의 가장 진실한 모습을 발견하고, 어떤 치장도 하지 않은 벌거숭이의 상태가 되는 것이 부부라는 관계이기도 했으니까요.

　하지만 그럼에도 불구하고 이혼할 수밖에 없었던 것은 남편과는 사람의 관계에서 기본적으로 지켜져야 할 최소한의 규칙이 깨졌기 때문이었습니다. 이 기본적인 규칙이라는 것은 별 게 아닙니다. 부부 관계를 떠나 인간 대 인간으로 서로의 존엄성을 지켜주는 것인데, 남편은 결혼 생활 동안 끊임없이 폭력을 행사하며 아연 씨의 존엄성을 무시하고 자기 자신의 존엄성을 벗어 던졌습니다. 극도의 스트레스를 받게 되면 자제력을 잃고 폭언과 폭력을 마구 쏟아내던 남편은 늘 그것이 아연 씨 때문이라는 핑계를 덧붙였습니다. 아내가 잘못했기 때문에 자신이 이렇게 할 수밖에 없다는 남편의 태도는 욱하는 실수가 아닌 악한 습관이었습니다. 하지만 그 나쁜 습관에 정면으로 맞서지 못한 채 그저 감내하려고 했던 아연 씨는 습관적인 체념만 반복해 왔죠. 자신의 폭력의 이유를 늘 남의 탓으로 돌리며 합리화하려던 남편과 그 폭력을 무기력하게 받아들이던 아연 씨는 이상한 상호작용으로 관계를 지속하고 있었던 것입니다.

'결혼하면 행복해진다'거나 '결혼을 통해 아름다운 사랑을 나누며 둘만의 보금자리를 꾸민다.' 같은 예쁜 상상들은 결혼에 대한 착각일 뿐이지 진실은 아니었습니다. 이런 긍정적인 감정들은 결혼을 결심하는 이유가 되는 순간적인 달콤함일 뿐입니다. 마치 쓴 약을 넘기기 위해 겉면에 씌운 당의정처럼 달콤한 감정들이 결혼을 결정하도록 순간의 착각을 일으키는 것이죠.

아연 씨는 25년간의 결혼 생활이 '자기 성숙을 위한 시간'이었다고 생각합니다. 살아가면서 경험하는 모든 것이 각자의 삶에 무늬를 새기게 하는 것과 같다면 결혼의 경험은 그 무늬들 중에 가장 깊고 진한 무늬를 새기는 일이었다고나 할까요? 말도 많고 탈도 많았던 결혼 생활임에도 불구하고 남편은 나의 가장 못난 바닥을 보일 수 있는 오직 한 사람이기도 했습니다. 그렇기에 결혼 생활 동안 겪는 갈등은 그저 끔찍하고 지겨웠다고는 단정 지을 수 없는, 보다 복잡하고 치열한 것이었습니다. 어떻게 보면 내 마음대로만 되는 인생이고 결혼이었다면 오히려 공허했을 듯도 싶습니다. 이제 와 돌이켜 보니 그렇습니다.

결혼을
묻다

아연 씨는 결혼 생활이 힘에 부치는 순간이 올 때마다 이 모두가 '나의 성장의 경험'이라고 전제하면 여러 감정을 받아들이고 인정할 수 있었습니다. 본래 성장을 위해서는 좋은 경험, 좋은 감정뿐 아니라 힘들고 슬프고 아픈 것들도 감내해야 합니다. 관계에서 생기는 감정의 깊은 골까지 경험해 본 것 또한 결혼을 통해 가능했기 때문입니다. 그리고 매 순간 참 열심히 살았습니다. 아내로서 어머니로서 최선을 다했고 자신을 완전히 소진했다고 당당하게 말할 수 있습니다.

사실 아연 씨가 남편의 폭력 때문에 이혼을 하게 되었다는 말을 남들에게 할 수 있을 때까지는 여러 번의 심호흡이 필요했습니다. 인과가 꼬여 버린 폭력의 경험을 입 밖으로 꺼내 드러내기까지는 수천 수만 번의 망설임이 있었죠. 하지만 그렇게 자신 안의 진짜 결혼 이야기를 할 수 있게 되었을 때 아연 씨는 조금 자유로워질 수 있었습니다.

혹자는 그 이유가 무엇이든 '이혼'이란 자체에 부정적 견해를 내보이기도 합니다. 그것이 실패라거나 포기의 의미라고 해석하는 것이죠. 하지만 아연 씨는 오히려 이혼을 완

성의 의미로 해석하고 싶습니다. 한 시절의 완결, 자신의 성숙을 이루어 낸 경험이었다고 말하고 싶습니다. 그렇기에 헤어진 남편에게 원망이나 미움은 남아 있진 않습니다. 가족으로서의 즐거웠던 시간, 그 울타리 안에서 느꼈던 안정감에 대한 그리움이나 좋은 추억만을 남겨 두었을 뿐입니다.

이혼 후에 아연 씨는 누구의 엄마나 누구의 아내가 아닌 신아연으로서의 인생을 다시금 찾아가며 문득 스스로 묻게 되었습니다. '오랜 시간 한 사람의 인간으로서 남편을 이해하려고 한 만큼, 나 자신을 이해하려는 노력은 했던 적이 있는가?'라고 말이죠. 결혼의 강을 넘어 한 발 뒤에 물러나 보니 새삼스레 그 생각이 들었습니다. 이혼을 하고 나니 그제야 나를 제대로 이해할 수 있게 된 것 같습니다. 그리고 스스로 가장 자랑스러운 점이 있다면 어떤 순간에도 나다움을 잃지 않았다는 것입니다. 나다움이 무엇이냐 묻는다면 그것은 정확히 설명하기 어렵습니다. 그것은 그저 내 멋대로 구는 것도 아니고, 내 주관만을 내세우는 것은 아닐 것입니다. 다만 아무리 힘든 상황이나 현실에 부딪혀도 분명 지켜야 할

'나'라는 인간의 주체적인 영역이 있습니다. 한 인간으로서 존중받아야 할 나, 홀로 설 수 있는 나 같은 것이라고나 할까요? 일단 익숙한 시드니를 떠나, 길든 생활을 벗고 홀로서기를 결심했다는 것 자체가 아연 씨에게는 자신을 지키기 위함이었습니다. 그렇기에 아연 씨는 자신이 자랑스럽습니다. 자아를 놓아 버리고 일상의 관성에 젖어 갈 수 있었음에도 그러지 않은 자신이 대견합니다. 그것은 아마도 계속해서 글을 써온 덕분이 아닐까 싶습니다. 글을 쓰며 자신의 감정을 확인하고 정리해 왔기에 오랜 결혼 생활의 일상을 깨고 다시금 자신을 찾아 떠날 수 있었던 것 같습니다.

물론 이혼 후의 생활이 홀가분하고 좋은 것만은 아닙니다. 내 자아를 찾았다는 면에서 정신적으로는 매우 풍족해졌지만, 생활적인 면에서는 상당히 빈곤해졌습니다. 시드니에서 가족과 함께 수영장이 있던 집에서 여유롭게 살던 아연 씨는 이제 작은 원룸에 살며 매달의 생활비를 걱정해야 하게 되었으니까요. 결혼 생활 중에 발간했던 책 제목인 《글 쓰는 여자, 밥 짓는 여자》처럼 주부일 때는 비교적 여유로운 마음으로 글을 쓰던 그녀였지만, 이제 '글 쓰는 여자'로서만 살아야 하는 상황에서는 내가 나를 먹여 살릴 걱정을 매일 해야 하게 되었습니다. 하지만 이런 현실적인 문제들보다 더 힘든 점은 외로움입니다. 혼자 밥을 먹고 혼자 잠이 드는 시간들이 외로운 것이 아닙니다. 그간 자신이 일구어 왔던 25년간의 삶에서 얽힌 여러 관계와의 단절로 오는 존재론적 외로움, 세상에 혼자 떨구어진 듯한 근본적인 외로움이 양어깨를 무겁게 눌러 옵니다. 어떻게 이 외로움을 해결해야 할지 막막하기만 한 순간이 한두 번이 아닙니다. 가끔은 혼자 원룸에서 갑자기 죽을지도 모른다는 불안에 빠지며 방 정리를 깨끗하게 해 두고 잘 때도 있습니다. 내일 아침을 장담할 수 없다는 무서움, 불현듯 사고를 당해도 아무도 보살펴 줄 사람이 없다는 우울함이 엄습하기 때문입니다.

그럼에도 불구하고 아연 씨는 이제 막 시작한 홀로 서기를 꿋꿋하게 이어가 보려 합니다. 매일 어렵고 선택하기 힘든 문제들의 연속이지만 비로소 찾게 된 나에게 집중할 수 있는 이 시간을 최대한 즐기며 가꾸어 가보려 합니다. 치열하게 선택한 자신의 현재이기에 감당해 내려고 합니다. 결혼식에서 약속한 대로 검은 머리 파뿌리 될 때까지 함께하진 못했지만, 뒤돌아보았을 때 최선은 다했다고 말할 수 있는 결혼 생활을 마쳤기에 아연 씨는 결혼에 대해 여전히 당당할 수 있습니다. 감정을 완전히 연소했기에, 뒤에 남는 미련은 없습니다.

　결혼을 통해 아연 씨가 성숙할 수 있었다면 이혼의 과정과 그 뒤에 혼자 살며 겪는 어려움은 그녀에게 또 다른 성장과 성숙을 가져오게 할 것입니다. 그리고 새로운 삶의 습관들이 자연스레 묻어나기까지는 앞으로도 한참의 시간이 걸릴지도 모르지만 포기하지 않는 한 익숙해지는 순간은 꼭 다가올 것입니다. 그렇기에 아연 씨에게 있어 이혼은 완벽한 선택은 아니었을지 몰라도 나다운 선택이었노라고 말할 수 있습니다.

신데렐라는 없다

뇌성마비 장애를 가진 아내 김진옥 씨, 그 곁을 지키는 남편 김정근 씨
부부와의 따뜻한 수다

비장애인 남편과 결혼한 장애인 아내인 저를 두고 사
람들은 신데렐라라고 해요. 하지만 저는 이미 결혼 전부터
스스로 유리 구두를 찾아 신을 줄 아는 멋진 여자였죠. 부
부는 어느 한쪽의 희생으로만 만들어질 수 없어요. 남편이
저의 부족한 점을 채워 주었듯이 저 또한 남편의 부족한
점을 채우며 함께 살아가는 것이죠.

　양재동의 한 아파트로 김정근, 김진옥 씨 부부를 만나러 갔습니다. 받아 적어 두었던 호수를 찾아 현관 앞에 서자 더운 날씨 탓에 활짝 열어둔 문틈으로 남편 정근 씨가 아내 진옥 씨의 머리를 빗겨 주고 있는 모습이 보입니다. 뇌성마비 장애를 가지고 태어난 진옥 씨는 두 팔의 사용이 거의 불가능하며 혼자서는 일어나 걸을 수도 없습니다. 누군가의 도움을 받지 않으면 화장실에 가거나 식사를 하는 등의 기본적인 생활조차 불가능한 중증 장애를 가진 그녀의 모든 일상생활은 남편 정근 씨의 도움을 받아 이루어집니다.

　진옥 씨와 정근 씨의 이야기는 구인 정보들이 담겨 있는 신문의 맨 마지막 면에 실렸던 작은 기사에서부터 시작됩니다. 이혼 후 건설 현장에서 일하며 혼자 살고 있었던 정근 씨는 퇴근 후 주어지는 긴 여가 시간에 무언가 해 봐야겠다고 생각했습니다. 이왕이면 좋은 일을 하고 싶다고 생각하던 차에, 장애인 단체에서 장애인의 외출을 도와줄 차량 봉사자를 찾는다는 신문 광고를 접했습니다. 정근 씨는 자가용을 가지고 있으니 큰 부담 없이 도움을 줄 수 있는 일이란 생각이 들었습니다. 바로 전화를 걸어 차량 봉사를 시작하게 되었고 장애인 단체 사무실에서 연결해 주는 장애인들을 찾아가 차량 봉사를 하다가 진옥 씨를 만나게 되었습니다.

인연이란 것은 참 신기합니다. 차량 봉사자와 그 차량을 이용하는 장애인으로 만난 것도 둘의 인연이었지만, 사실 신문사에 직접 전화를 걸어 광고를 내어 달라고 부탁했던 것은 다름 아닌 진옥 씨였으니 둘의 만남은 결국 인연의 인연이 몇 개나 겹쳐진 셈이었습니다. 장애인 단체에서 활발한 사회 활동을 하고 있던 진옥 씨는 외출할 일이 잦았습니다. 하지만 누군가의 도움이 없인 외출을 할 수 없기에 제약이 많았죠. 택시를 이용하려고 해도 당시에는 장애인에 대한 승차 거부가 심하기도 했고, 매번 비용을 감당하기도 부담스러웠습니다. 자연스럽게 정근 씨의 도움을 받는 날이 많아졌고 두 사람은 함께 차를 타고 다니며 서로 호감을 키워 갔습니다. 두 사람은 5개월 정도 거의 매일 만나며 연애를 했고, 아이가 생겼고, 부부가 되었습니다.

연애할 때 진옥 씨는 정근 씨로부터 열두 살쯤에 돌아가셨던 아버지와의 기억을 떠올리곤 했습니다. 진옥 씨의 아버지는 그녀를 공주처럼 키우려고 늘 노력하던 다정한 분이셨습니다. 몸의 장애로 스스로 위축되던 진옥 씨에게 여자애니까 예뻐야 한다면서 언제나 귀한 대접을 해 주려 애쓰셨습니다. 하얀 가죽 구두를 매일 닦아 신발장에 넣어 두셨다가 주말이 되면 걷지도 못하는 진옥 씨의 발에 신겨 데리고 나가시곤 했습니다. 어머니는 머리도 짧게 자르고 옷도 바지를 입혀서 최대한 움직임이 편하게 하는 데만 신경 쓰셨지만, 아버지는 늘 드레스를 입히고, 머리는 곱게 땋아서 정말 공주처럼 꾸며 주셨습니다. 진옥 씨가 자라던 무렵만 해도 장애를 가진 자식을 둔 부모는 자식의 장애를 숨기기에 급급한 경우가 많았습니다. 장애를 감추어야 할 부끄러운 것이라 여기기에 외출도 거의 금기시되어 있었죠. 하지만 아버지만은 달랐습니다. 여느 여자아이처럼 예쁜 옷을 입혀 주고 자연스럽게 밖으로 데리고 나갔습니다. 그런 아버지의 태도는 진옥 씨 인생 전반을 살리는 힘이 되었습니다. 평생을 가지고 갈 밝은 천성을 만들어 주었습니다. 그런데 진옥 씨는 이런 아버지에게서 느낀 든든함을 정근 씨에게서 느꼈습니다. 흔들림 없는 태도로 나를 귀하게 대해 줄 사람이란 믿음이 생겼습니다.

결혼이란 자신의 것을 나눠 갖는 일입니다. 얼마나 받을 지는 접어 두고

내 것을 얼마나 나눠 쓸 수 있는 지를 생각하게 되는 일이죠.

사실 정근 씨를 만나기 전에 마흔 살이 된 진옥 씨는 결혼의 가능성을 거의 접어 둔 상태였습니다. 어릴 적부터 가사 일을 할 수 없는 여성은 결혼을 할 자격이 없다는 말들을 지겹도록 들어왔습니다. 그런 편견의 시선들을 인정하기 싫다고 해도 은연중에 '나는 결혼을 할 수 없는 사람'이라는 전제가 가슴 속에 남아 있었습니다.

게다가 결혼을 생각할 만큼 좋아지는 사람도 없었습니다. 주변 친구들이 하나둘 결혼하며 외로워지기도 했지만 사회적으로는 활발한 활동을 하고 있으니 그런 기쁨들에 집중하며 씩씩하게 살아가자 생각했습니다. 하지만 정근 씨를 만난 후부터 결혼에 대한 긍정적인 생각들이 조금씩 자라나기 시작했습니다. 대화를 할수록 자신만큼이나 모진 삶의 풍파를 견뎌온 그의 이야기에 공감하게 되었고, 나의 상처를 내어 보이며 공감받을 수 있었습니다. 삶의 굴곡에 늘 담담하고 뚝심 있는 모습을 유지하는 정근 씨와 삶을 함께해도 좋겠다는 확신을 가질 수 있었습니다.

결혼을 하던 1997년, 당시 진옥 씨의 나이가 마흔, 정근 씨는 마흔여덟이었습니다. 재혼이었던 정근 씨에게는 이미 성인이 된 딸도 한 명 있었습니다. 결혼 당시 남편의 가족들의 반대가 심했습니다. 시부모님은 계시지 않았지만 남편의 여동생들과 갓 성인이 된 딸이 진옥 씨를 쉽게 받아들이지 못했습니다.

또한 두 사람이 만나고 사랑하고 결혼하게 된 이야기를 알 리 없는 세상 사람들은 부부의 결혼에 제멋대로 해석을 더하곤 했습니다. 무작정 삐딱한 눈으로 바라보는 시선도 많았습니다. 그들의 눈에 평범하지 않은 진옥 씨가 평범한 결혼을 했을 리 없다고 마음대로 단정 지으며 입방아를 찧어 댔습니다. 진옥 씨가 가진 돈이 많아 정근 씨가 결혼을 택했다거나, 정근 씨가 보이지 않는 장애가 있을 것이라는 근원도 없는 소문을 내기도 했습니다. 왜들 그렇게 남의 인생에 관심들이 많은지, 자신들과 다른 삶을 살고 있는 누군가를 보면 그 차이를 인정할 생각은 없이 왜 나와 다르냐며 비난하기에 바빴습니다.

진옥 씨는 자신만의 방법으로 스스로 선택하고 만들어 낸 가정의 의미를 증명해 가기로 했습니다. 일단 그동안 해 오던 장애인 단체 활동을 잠시 접고 남편과의 새로운 일상을 꾸미는 데 집중하기로 마음먹었습니다. 장애인 인권 운동가로서 사회의 편견에 부딪히는 방법은 피켓을 들고 거리로 나서는 것뿐이 아니란 생각이 들었습니다. 자신의 삶의 모습을 통해 이 가정에서 내가 꼭 필요한 존재라는 것을 주변 사람들이 가슴으로 느끼도록 해 주는 것도 큰 의미가 있겠다고 생각했습니다. 그리고 시간이 흘러 진옥 씨와 정근 씨의 노력은 조금씩 결실을 맺기 시작했습니다. 어느새 진동 휠체어를 탄 진옥 씨와 그 곁을 걷는 정근 씨의 모습은 동네의 여느 부부 같은 익숙한 풍경이 되었습니다. 부부의 결혼을 반대하던 가족들도 둘 사이를 받아들이기 시작했고 매사 밝고 긍정적인 진옥 씨의 모습에 정근 씨의 여동생은 이제야 왜 언니를 택했는지 알겠다고 말하기도 했습니다.

모르는 사람들은 중증 장애를 가진 아내를 맞은 남편의 사랑에 엄청난 의미를 부여하며 추켜세우곤 합니다. 두 사람의 결혼 생활이 유지되는 것이 정근 씨만의 힘이라고 오해합니다. 딸이 어릴 적에 진옥 씨는 직접 옷을 입혀 줄 수는 없어도, 시장에 나가 손수 옷이며 신발 등을 골라 입히곤 했는데 그런 딸을 본 사람들은 '아빠가 잘해주는구나.'라고만 말했습니다. 사람들의 눈에 진옥 씨는 아무것도 할 수 없는 사람이라는 전제가 있었습니다. 물론 정근 씨의 희생이 컸던 것은 사실입니다. 정근 씨는 자신의 몸이 힘든 것은 생각하지 않고 진옥 씨와 아이를 뒷바라지해 주었습니다. 하지만 가정은 한 사람만의 힘으로 만들어지고 유지되지 않습니다.

이런 주변의 시선 때문에 진옥 씨는 가끔 남편에게 화가 나는 점들이 있어도 주변에 털어놓고 이야기할 수 없었습니다. 언제나 "당신이 지금 복에 겨워서 불평하는 거야."라는 말부터 들었으니까요. 사람들은 장애를 감수해 준 남편이니 무조건 감사하며 살아야 한다고만 말했습니다. 감사한 것은 분명하지만 빚지고 있다는 생각이나 미안하다는 기분만으로 두 사람의 관계를 설명할 수는 없었습니다.

"저는 꽤 괜찮은 여자예요. 남들 눈에는 설거지나 청소를 할 수 없고, 돈을 버는 직장 생활을 할 수 없으니 엄마로서 아내로서 자격 미달이라고 생각해 버릴지도 모르지만 누구나 단점을 가지고 있듯이 저 또한 몸이 자유롭지 않다는 단점을 가지고 있을 뿐이죠. 많은 사람의 눈에 저와 남편의 삶이 독특해 보일 수 있다는 것은 인정하지만 그렇다고 우리 부부가 일방적인 남편의 희생으로만 채워지는 것은 아니에요. 저는 육체적으로 부족한 대신 정신적으로 그 외에 제가 할 수 있는 다양한 방식으로 이 가정에 기여를 하죠. 겉으로만 봐서는 알 수 없는 제 가족만의 나름의 역할이 있는 것이죠."

결혼과 동시에 아이가 생긴 탓에 정근 씨는 그동안 해오던 건축 일을 그만두고 신발 가게를 차렸습니다. 임신한 아내를 혼자 둘 수 없었기에 둘이 함께 지내며 할 수 있는 일을 찾은 것이었습니다. 혼자서는 거동을 할 수 없는 아내에게 무슨 일이 생기면 큰일이었습니다. 진옥 씨 또한 신발 가게를 하는 동안 정근 씨와 도매 시장을 늘 함께 갔습니다. 몸이 힘들어도 영업시간에는 늘 가게를 함께 지키려 했습니다. 아내로서 어머니로서 몫을 열심히 해내며 자신의 자리를 만들었습니다.

매년 화재로 여러 명의 장애인이 목숨을 잃거나 상처를 입습니다. 불이 났어도 스스로 휠체어에 오를 수 없는 장애인은 피해 보려는 시도조차 하지 못하고 그대로 연기에 질식해 죽고 말죠. 진옥 씨는 그런 점이 불안합니다. 혼자서 화장실도 갈 수 없는데 남편이 옆에 없을 때 무슨 일이 생기면 어떡하나 싶어질 때가 많습니다. 하지만 일상을 늘 함께하는 부부이기에 그로 인해 생기는 어려움도 많습니다. 각자의 개인 생활이 전혀 없음에서 오는 스트레스가 클 때도 있으니까요. 더욱이 진옥 씨는 자신의 모든 일상을 남편에게 고스란히 공개해야 하는 입장이기에 늘 부탁해야 하는 것이 서운할 때도 있습니다. 예를 들어 진옥 씨가 정근 씨에게 자신의 주머니에 오천 원씩을 꼭 넣어 두어 달라고 부탁한 적이 있습니다. 딸아이가 아이스크림이라도 사달라고 하면 주머니에서 돈을 꺼내 가라고 하고 싶었기 때문입니다. 하지만 정근 씨는 어차피 자신이 다시 꺼내 줘야 하는데 굳이 넣어 둘 필요가 있겠냐고 되물었습니다. 그렇지만 진옥 씨는 딸아이에게 경제적 주권은 아버지에게만 있다는 인식을 심어 주기 싫었습니다. 비록 자신이 주머니 속 돈을 직접 꺼내 줄 순 없어도 그것이 자신의 주머니에서 나온 것이라는 점이 진옥 씨에게는 큰 의미가 있었습니다.

정근 씨는 정근 씨대로 곤란한 점이 많았습니다. 자유롭게 친구를 만나기도 힘들고 낚시를 하러 떠날 수도 없었습니다. 하지만 그와 동시에 부부는 잠시라도 서로가 눈에 보이지 않으면 찾는 그런 존재가 되었습니다. 아이가 자라면 아이에게 기대고 서로 좀 떨어져 있을까 하는 기대를 한 적도 있지만 그 기대는 어긋났습니다. 아이는 클수록 자신의 일로 바빠져 부모와 함께할 틈이 줄어들었습니다. 결국 부부는 18년간 서로의 곁을 변함없이 지키게 되었습니다.

장애인의 결혼률은 비장애인에 비해 낮은 편입니다. 여자 장애인의 경우 스스로 일상생활을 하는 데는 거의 어려움이 없는 경증 장애인이나, 그중에서도 이목구비가 예쁘게 생긴 경우가 결혼하게 될 확률이 높습니다. 진옥 씨처럼 스스로 움직일 수 없는 중증 장애인의 경우는 결혼은커녕 이성을 만날 기회조차 얻기 힘듭니다. 어렵게 짝을 만났다고 해도 사회적인 시선이나 가족의 반대 등에 부딪혀 결혼에 이르지 못하는 경우도 많습니다. 하지만 몸이 불편하다고 해서 근본적인 욕구가 없는 것은 아닙니다. 특히 남성 장애인의 경우에는 성적 욕구의 해소가 문제가 됩니다. 욕구를 느껴도 스스로 자위조차 할 수 없는 몸 상태일 경우에는 그저 참을 수밖에 방법이 없습니다. 유럽 쪽에는 장애인의 성 문제에 대해 고민하고 해결책을 강구하는 단체들이 많은데, 장애인의 성 문제 자체를 꺼내는 것을 거북해하는 우리나라의 사회 분위기를 극복하기에는 아직 넘어야 할 산이 많습니다. '장애인이 무슨 그런 생각을 해?'라며 그들의 자연스러운 욕구를 사치스러운 것으로 치부해 버립니다. 가장 좋은 방법은 장애인들이 더 많이 사회에 나와 일을 하고 사람들과 만나고 그 과정에서 배우자를 만나 건강한 가정을 꾸리는 것이겠지만 장애인이 밖으로 나오는 것도, 사람들과 만나는 것도, 사회생활을 하는 것도 모두 아직까지는 어려운 일 투성입니다. 가끔 결혼을 앞둔 장애인들을 만나면 진옥 씨는 이런 조언을 하곤 합니다.

"자신의 장애 때문에 스스로 가정에서의 권리를 포기하

는 경우가 많아요. 아이를 낳아도 부모님이나 다른 가족에게 맡겨 키워 달라고 하기도 하고, 가사 일도 일단 못한다고 스스로 전제하죠. 가정 내에서 어떤 역할도 하지 못하는 경우가 허다해요. 하지만 그렇게 역할이 없으니 권리도 주장할 수 없어요. 스스로 입지를 다져야 해요. 장애인이니까 못하는 일을 정하기에 앞서, 그럼에도 스스로 할 수 있는 일들을 찾아서 하며 가족 내에서 자신의 자리를 만들어 가세요. 배우자에게도 아이에게도 그리고 가정에서도 자신의 역할을 만들고 입지를 넓혀 나가세요. 그리고 당당하게 자신의 권리를 주장하세요."

20년 가까이 결혼 생활을 해 온 부부에게 결혼의 조건을 물었습니다. 결혼에서 가장 중요한 조건이 무엇이라고 생각하는지에 대해 묻자 정근 씨는 조건이 없는 것이 조건이라고 답합니다. 결혼에 있어 이건 된다, 안 된다 하는 다른 이들의 참견에도 흔들리지 않는, 그저 좋아서 이 사람을 선택하는 마음만이 중요하다는 것이죠. 다만 현실적으로 살아보니 스스로 일을 해서 생활을 할 수 있는 경제력은 중요하다

더라는 말을 덧붙입니다.

진옥 씨에게 결혼이란 자신의 것을 나눠 갖는 일입니다. 단, 상대에게 내가 내어 준만큼 받기를 기대해서는 안 됩니다. 상대도 내가 건넨 것만큼 주면 좋지만 아니면 말고 라고 생각해야 합니다. 얼마나 받을지는 접어 두고 내 것을 얼마나 나눠 쓸 수 있는지 생각하게 되는 것이 그녀가 말하는 결혼 생활이었습니다. 그러자 한참 진옥 씨의 말을 듣고 있던 정근 씨가 이렇게 말합니다.

"결혼이 별건가, 같이 살고 싶은 사람이랑 살기로 했으면 그것에 최선을 다하는 거지."

어떤 사람에 대해 보이는 것이 아니라 보고 싶은 것을 볼 때가 많습니다. 장애인 아내와 비장애인 남편이라고 하면 자연스레 '장애를 뛰어넘는 사랑' 같은 감동적인 무언가를 제멋대로 상상해 버리죠. 그들의 관계를 특별하다고 생각하고 특별해야 한다고 강요합니다. 장애를 넘어 결혼을 선택한 부부가 특별한 것은 맞습니다. 다만 그 특별함이란 우리 모두가 가진 특별함 중의 하나일 뿐이죠. 입버릇처럼 '평범'을 말하지만 그 평범이라는 것은 정확한 기준도 경계도 없는 마음의 문제이니까요.

"날씨가 너무 좋아서 훨씬 외롭고 비참하다."

유난히 화창하던 어느 날의 오후 2시 무렵에 도착한 친구의 문자입니다.

"오늘 저녁에 술이나 한잔 할까?"

걱정스러운 마음에 얼른 답문을 보냈지만 이내 "괜찮아."라는 답이 돌아옵니다.

이제는 드라마 속 출생의 비밀만큼이나 진부해질 대로 진부해져버린 외로움이란

것이 더 이상 동성 친구끼리 밥 먹고 술 마시는 것만으로는 해소되지 않는다는 것

을 친구도 저도 알고 있습니다. 사랑 앞에 우정은 개나 줘 버리는 막돼먹은 여자는

아니지만 그래도 시도 때도 없이 찾아오는 외로움이 친구만으로는 채워지지 않는

것은 인정할 수밖에 없는 사실이죠.

이럴 때면 '결혼'을 생각하게 됩니다. 세상 사람들 모두가 나를 미워한다 해도 유일

하게 내 편이 되어 줄 나의 짝을 만나고 싶어집니다. '결혼'이라는 제도가 나 자신

과 짝을 좀 더 단단하고 떳떳하게 결속시켜 줄 수 있는 매력적인 수단처럼 느껴지

기도 하죠.

이미 결혼한 친구 하나가 묻습니다.

"너는 왜 결혼이 하고 싶어?"

그 질문에 저는 장황한 답변을 시작합니다.

"일단 사랑하는 사람과 평생을 함께하면서, 서로의 부족한 점을 채워주고……."

그러자 친구는 피식하고 알 듯 말 듯한 실소를 내뱉으며 "꿈 깨!"라고 말을 자릅니다. 어쩐지 결혼한 사람이 안 한 사람보다 어른이란 식의 무시하는 태도에 순간 기분이 상해버립니다. 하지만 친구는 아랑곳하지 않고 말을 이어갑니다.

"결혼은 남자의 똥이 묻은 팬티를 빠는 일이고, 변기에 묻은 남의 오줌을 닦는 일이고, 나는 먹고 싶지도 않은 아침 밥상을 차리는 일이야. 결혼 전에는 내 할 일만 하면 생활의 모든 것은 엄마라는 보이지 않는 손이 다 해줬었지만, 이젠 내가 그 보이지 않는 손이 되어야 하지. 생각해 봐. 우리가 하기 싫었던 일을 모두 엄마에게 미뤘을 때, 그 싫은 일들을 다 해주는 것이 엄마한테는 결혼이었어."

친구의 말에 방금 전까지의 서운함이 숙연함으로 바뀝니다. 삶이라는 것이 맨발로 걷고 또 걷는 일이라면 그 걸어가는 발뒤꿈치에 굳은살을 박이고 또 박이게 하는 결혼이란 경험에 대해 생각하게 됩니다.

이번 책을 준비하며 결혼이 어마어마하게 광범위한 감정의 포함이자 인간과 인간의 거대한 결합이라는 사실을 비로소 알게 된 기분입니다. 결혼을 하게 하는 감정이 '사랑'이라면 결혼을 유지하게 하는 감정은 '일종의 사랑'인 듯하다는 생각도 하게 되었습니다. 결혼 생활은 생각보다 훨씬 더 지저분하게 늘어져 있는 수많은 감정의 조각들로 뭉쳐져 있었습니다. 어느 부분 하나 딱 떨어지는 것이 없어서 이거다 저거다 단정 지을 수 없는, 선과 악, 옳고 그름을 잘난 척하며 가를 수 없는, 내가 그랬으니 너도 그럴 것이라 절대 예상할 수 없는 것이 결혼이었습니다. 하지만 물으면 물을수록 불확실해져만 가는 결혼에 관한 질문들 속에서 단 하나만은 확실하게 알 수 있었습니다. 그것은 결혼을 기다리는 자세에 관한 것이었습니다. 그 자세란 '어떤 상대를 만날까?'가 아니라, '스스로 어떤 상대가 되어 있을까?'라고 먼저 물을 수 있는 것이었습니다. 결혼이란 다른 누구도 아닌, 내가 하는 나를 위한 일이라는 것, 그것만큼은 이제 확실히 알게 되었습니다.

요란한 벨소리가 혼자 사는 집 안의 적막을 깨뜨립니다. 찾아올 사람이 없는데 누군가 싶어 경계하며 문을 여니 한 손엔 김치통 그리고 다른 손엔 사과 봉지를 든 어머니가 우뚝 서 계십니다. 저는 불시 단속에 걸린 불량 업소 주인 마냥 늘어진 살림살이들을 황급히 치우며 허둥지둥 댑니다. 어머니는 늘 이런 식으로 저의 삶에 불쑥 들이닥치곤 합니다. 그리고는 오히려 큰소리를 치시죠. 요즘의 고정 레퍼토리는 '왜 이러고 혼자 사는가?'와 '도대체 시집은 언제 갈 것인가?' 인데, 어머니와 마주 앉은 밥상에서는 이 두 가지 주제에 대한 꾸중과 걱정이 기본 반찬처럼 꼭 포함되어 있습니다.

"근데 엄마는 몇 살에 시집왔지?"

문득 내 결혼 말고 엄마 결혼 이야기로 화제를 돌립니다. 그러고 보니 결혼에 대한 책을 쓴답시고 무게 잡고 다닌지 몇 달째인데 정작 우리 부모님이 어떻게 결혼했는지를 물은 적이 없습니다. 하지만 아무리 그래도 정색하며 묻기에는 영 쑥스러워 지나가는 별 것 아닌 말처럼 슬쩍 질문을 던져 봅니다.

"스물여섯에 했지. 네 아빠랑 결혼할지는 진짜 몰랐는데 벌써 35년을 살았네."

그렇게 내 어머니의 결혼 이야기가 시작되었습니다.

갓 스무 살이 되었던 어머니는 친구들과 놀러 갔던 공원에서 아버지를 우연히 만나게 되었습니다. 그 이후로 부모님은 꽤 오랜 시간을 알고 지냈지만 어머니에게 아버지는 연인보다 친구에 가까운 편한 사람이었죠. 알고 지낸 기간 중에 3년 이상은 아버지께서 군대에 계셨으니 실제로 만난 날보다 편지로만 서로의 안부를 묻던 날이 더 많기도 했습니다. 그러다 어머니는 스물다섯 살쯤 되었을 때 그간 아버지와 주고받았던 편지들을 모조리 태워 버렸다고 합니다. 사과 상자 하나 정도는 족히 되던 양의 편지에 불을 붙였던 이유는 부모님의 뜻에 따라 선을 봐서 시집을 가야겠다는 생각을 하게 되었기 때문이었죠. 이십 대 중반에 들어서면서부터 부쩍 노처녀라는 압박을 받기 시작하던 어머니는 당시 군인이었던 아버지와의 연인인 듯 연인 아닌 연인 같은 애매한 관계를 정리하고, 새롭게 나아갈 작정을 한 것입니다.

결국 부모님이 소개해 주시는 남자와 선보는 날이 정해지게 된 어머니는 그 전날 주선자셨던 외할버지를 만나러 시골집에 내려가게 되었습니다. 그런데 바로 그날, 말년 휴가를 나온 아버지가 외갓집의 주소 한 장을 달랑 들고 무작정 어머니를 찾아 왔습니다. 동네 사람이라고는 몇 명 안 되는 것은 물론, 웬만하면 일가 친척이었던 작은 마을에 여자 친구를 찾아 온 낯선 사내는 그야말로 공공의 관심거리가 되었고, 게다가 아버지는 동네 사람들이 가장 많이 모이는 우물가에 들러 길을 물은 탓에 소문은 순식간에 퍼져 외할아버지 귀에까지 들어가게 되었죠. 연애하면 무조건 결혼해야 한다는 보수적인 생각의 소유자셨던 그야말로 옛날 사람인 외할 아버지는 진노하며 아버지의 인사는 받지도 않으셨을 정도 로 화가 나셨습니다. 그런 외할아버지의 싸한 반응에 어머니 역시 아버지를 따뜻하게 대할 수가 없었죠. 그나마 외할머니 만이 군복을 입고 찾아 온 아버지가 아들 같아 따뜻한 밥상 을 내어 주고 다시 터미널까지 마중해 주셨다고 합니다.

말년 휴가를 받자마자 유독 외진 산골에 자리 잡고 있 던 어머니의 시골집을 찾아 갔을 젊은 아버지의 모습을 머릿 속으로 그려봅니다. 큰 용기를 내어 찾은 여자 친구의 집에 서 별다른 소득 없이 터덜터덜 돌아서야 했던 그때의 뒷모습 이 어쩐지 눈에 보이는 듯도 합니다. 그리고 그 모습을 볼 수 없이 지켜봐야 했을 새침한 엄마의 표정도 상상해 봅니다.

그날 말년 병장 아버지의 용기는 그다지 환영받지 못했 지만 결국 그 용기가 씨앗이 되어 지금의 제가 있습니다. 그 날 이후, 외할아버지는 동네에 퍼진 소문을 탓하며 어머니의 선을 취소해 버리셨고 부모님의 관계는 새로운 국면을 맞아 결혼에 이르게 되었으니까요. 한 여자로서의 어머니, 그리고 한 남자로서의 아버지의 모습이 한없이 낯설게 느껴지지만 그 낯섦이 싫지 않은 신선함으로 다가옵니다. 그러고 보니 지금의 저보다 훨씬 어릴 적에 부모님은 결혼하시고 저를 낳으셨습니다. 어머니는 아버지의 어디가 좋았던 걸까요?

"솔직히 너희 아빠가 엄청나게 결혼하고 싶은 남자는 아니었지. 부모님을 모셔야 하는 장남에다가 성격도 무뚝뚝하고 게다가 엄마랑 결혼할 때는 군대에서 제대한 지 얼마 되지도 않았을 때잖아. 로맨스나 매너 같은 것이랑은 상관없는 멋없는 사람인 건 지금이나 젊었을 때나 똑같아서, 데이트할 때도 나랑 발맞춰 걷지도 않고 다정한 말을 할 줄도 모르고 그랬지. 그런데 내가 존경하는 점이 하나 있었어. 그건 7년 동안 단 한 번도 약속에 늦은 적이 없다는 거야. 시간 약속을 잘 지키는 사람이라면 기본이 되어 있다고 생각했지. 그리고 군대를 제대하고 난 후에도 바로 취직해서 단 하루도 쉬지 않고 회사에 출근하더라. 그 모습에 이 남자는 인생을 책임질 줄 아는 사람이란 생각이 들었어. 듣기 좋은 말은 못하지만 대신 앞과 뒤에서 다른 말을 하는 법이 없고, 꾸밀 줄 모르지만 허세 부리진 않는 남자란 건 잘 알고 있었으니까

같이 살아도 좋겠다 싶었지.”

어머니의 결혼의 변은 생각보다 로맨틱하진 않지만 ‘무
조건 사랑했다.’는 말보다는 어쩐지 설득력이 있게 느껴집니
다. ‘삶을 책임질 줄 아는 남자’였기에 끌렸다는 것이 살림꾼
어머니답다 싶어집니다. 제 기억 속에 어머니는 결혼 후 35
년간 시부모님을 모셔온 며느리, 밤마다 구슬 꿰는 부업을
하며 야무지게 살림을 챙기던 아내, 그 구슬 꿴 돈으로 끊임
없이 아이들의 책을 사주던 열혈 엄마의 모습입니다. 하지만
어머니도 누구의 무엇이 아닌, 자신의 이름으로 불리던 때가
있었겠죠.

“엄마는 결혼한 게 후회된 적은 없어?”라고 묻자, “몰
라, 이제 그런 건 다 까먹었어, 있었겠지.” 하는 답이 돌아옵
니다. 결혼 직후부터 시부모님과 시동생을 부양하며 대가족
의 살림을 책임져야 했던 어머니는 그 시절을 떠올리면 다
른 무용담보다도 그저 앞뒤 안 가리고 열심히 살았던 기억만
난다 하십니다. 당장 눈앞에 헤쳐 가야 할 생계의 무게가 놓

여 있었기에 다른 감정들을 느낄 겨를조차 없었답니다. 무조건 열심히 일하고 무조건 최선을 다하며 살아내야 했던 시기였던 것이죠. 그 사이 중풍으로 쓰러지셨던 할아버지는 10년 넘게 투병 생활을 하셨고, 할머니는 두 번의 암 수술을 받으셨습니다. 어머니 자신도 15년 전쯤 힘겨운 암 수술과 항암 투병의 나날을 이겨내야 하셨죠. '남들도 다 그러고 사는 거겠지.' 하면서 유별난 유세를 떨고 싶진 않은 삶이었지만, '누구에게도 뒤지지 않을 만큼' 힘들기도 즐겁기도 어렵기도 슬프기도 한 결혼 생활이었습니다.

다만 유일한 아쉬움이 있다면 외할머니가 살아 계실 때 딸의 집에 와서 편하게 묵고 가실 기회를 드리지 못한 것입니다. 외할머니에게는 어머니의 집이 딸의 집이기에 앞서 사돈의 집이었기에 영 조심스러웠던 탓이죠. 아무리 편하게 묵고 가시라 해도 그렇게는 하지 못하셨던 모양입니다. 어쩌면 어머니는 외할머니가 불쑥불쑥 현관문을 두드리며 자신을 찾아오길 바랐을지도 모릅니다. 조금 당황스럽더라도 그렇게 자신의 인생에 어려워하지 않고 들어와 주길 원했는지도 모르죠.

제가 부모님의 결혼 생활에서 가장 존경하는 점이 있다면 그것은 '평범한 결혼 생활'을 해냈다는 것입니다. 물론 이평범함은 제삼자인 딸의 입장에서 할 수 있는 뭣 모르는 소리일 확률이 높습니다. 정작 결혼 생활을 감당해야 했던어머니와 아버지에게 결혼 이후 닥치는 삶의 매 순간들은 늘 어렵고 힘들었을 테고, '평범함' 뒤에 숨은 치열하고 부지런한 삶의 나날들이 있었을 테죠. 하지만어쨌든 자식인 저에게는 자기 소개서의 고정 멘트인 '유복한 가정에서 자라~'라는 말을 쓸 때 조금의 거짓도 없다고 스스로 느낄 수 있도록 해 준 점에 대해, 그 평범함이 얼마나 위대한 것인지를 어렴풋하게나마 느끼게 된 나이에서야 비로소 고맙다는 말을 전합니다. 평범하기가 가장 힘든 세상에서, 평범하게 35년을 살아낸 부모님의 결혼 생활의 최대 수혜자로서 무한한 존경과 고마움의 마음을 보냅니다.

"자식이라는 근사한 보상을 받으니 그냥 참을 만했어."
어머니의 결혼 이야기는 결국 이런 말로 끝이 납니다. 어머니는 삼 남매의 입학식 덕분에 서울의 대학 안으로 들어가

평범하기가 가장 힘든 세상에서,

평범하게 삶을 살아 낸 부모님께

존경과 고마움의 마음을 보냅니다.

보게 되었을 때, 고등학교를 졸업하고 바로 직장에 다녔던 자신의 모습이 문득 떠올랐다고 합니다. 더 공부하고 싶었지만 할 수 없었던 자신에게 대학에 다니는 사람들은 너무 멀리 있는 존재였고, 대학이란 공간은 평생 들어갈 수 없을 것 같은 미지의 세계였습니다. 그런데 자식들 덕분에 그 안에 당당히 발을 들였을 때, 어머니는 평생을 열심히 근무한 대가로 보너스를 받는 기분이었다고 합니다.

그러고 보면 요즘 어머니에게 시집갈 나이가 된 것 같은데 시집갈 기미가 없는 저는 일한 보상을 제때 주지 않는 악덕 사장 같은 존재일지도 모릅니다. 어쩌면 제가 자식으로서 드릴 수 있는 즐거움은 이제 바닥나 버렸는지도 모르죠. 하지만 어머니가 들으면 섭섭할지 몰라도 현재로서 저는 결혼 생각이 없습니다. 어머니가 아무리 결혼하라고 말해도 제겐 그다지 와 닿지도 않습니다. 어머니가 결혼하란다고 결혼할 수도 없고, 그리고 싶지도 않죠.

다만 이런 말을 전하고 싶습니다.

"엄마! 결혼은 엄마의 바람이 아니라 나의 바람에 따라 제멋대로 하겠지만, 그래도 언젠가 결혼을 하게 된다면, 나는 엄마와 같은 아내, 그리고 엄마가 되고 싶어요. 더도 덜도 말고 딱 어머니 아버지 만큼만 살고 싶어요."